U0505945

晚安，故事

宇驰翔 著

世纪出版集团 上海人民出版社

上海世纪文睿文化传播公司 出品

我的每天都是重复。

乏味的开始一天，坐在通风不良的教室里上课，然后午饭，上课，晚饭，运气不好的话，继续上课。这种生活让人厌倦，但好像每个人都是如此，都这么过来了。

呆坐的时候，我时常构思一个个小人物，想象他们或它们的生活，爱和冒险。这种想象使我快乐。我给他们宫殿，也给他们风浪，为了不辜负，我给他们结局。而他们，给了我一个不那么乏味的内心世界。每天晚上，我都写下一个故事，念给心爱的人听。

如果一天不能有一个与众不同的开头，我至少能给它一个只属于我的结尾，面对真实到无趣的生活，这是我能选择的。

你也可以。

——李驰翔

目录

睡前故事集

1. 相亲相爱的双胞胎

远离城市的小村庄里，住着一对双胞胎。他们家庭富裕，哥哥既无须赶走弟弟，弟弟也不需抢夺财产。他们的父母早亡，两人相依为命，住在山脚边大橡树下的房子里。

双胞胎长得很像——同样英俊。好像流落世间的王子，再加上父母双亡，如果有人耐心考证，相信一定能发现些什么。淳朴而富有同情心的村民相信着，隐隐约约，双胞胎不同凡人。

打从双胞胎来到这里，村民就对他们很尊敬。兄弟俩的离群索居也加强了这种尊敬。

不过，也许是太过相像，旁人很难分辨清哥哥和弟弟。他们都有棕黑色深沉的眼睛——好像古井一样，和深黑色的头发——如同黑夜一般。唯一的不同是弟弟额头有一小缕卷发。

或许也是因为太过相像，兄弟两人不可避免地同时爱上了村里的一个姑娘。姑娘的美貌自不用言说，性格也百般温顺。她的善良让她无从抉择，她的父亲也无法帮她下定决心，因为在父亲眼里，她嫁给兄弟两人中的任何一个，都没什么差别。

在一个夜里，哥哥来到弟弟床头，还未开口，弟弟就知道他想说什么，于是两人同时决定沉默不语。半小时后，弟弟心中对哥哥的爱战胜了对姑娘的爱。弟弟说，你与她结婚吧。哥哥离开前拥抱了弟弟。

所有的村民都可以看到他们的幸福，尽管他们并未举办盛大的婚礼。一个星期后姑娘搬进了哥哥的房屋，而兄弟俩还是如往日一般上山打猎，然后回家吃姑娘煮的饭。

事情在一年后出现转折。有一天哥哥和弟弟上山打猎，遭遇一头母熊，也许是母熊在丢失小熊的时候也失去了常性，它攻击了兄弟俩。只有弟弟活着回来。那一天村里所有人都好像能听到姑娘在嚎啕大哭，那一天之后姑娘再也没有说一句话。

弟弟的悲伤不比姑娘少，但一个男人的责任感告诉他，他不能大哭失声。弟弟像往常一样朝出夜伏，对他来说，这是一种更委婉的哭泣方式。然后，下定决心的他来到姑娘面前。

他说："在山上，死的那个人是我，哥哥活了下来。"

也许是感受到了他的坚毅，姑娘摸着他的头，露出笑容："比起哥哥，我更喜欢弟弟。"

2. 关于遗憾的故事

很久以前……很久就是很久很久的意思，不要纠结于此。很久以前，在一个偏远的小城里，住着一个年轻貌美的小女孩。这并没有什么特殊的，在那个年代，好像每个女孩都非常美丽。如果不是因为后面发生的事，我们不会注意到她。

她的父母健全，有一个哥哥。也许是因为哥哥太过体贴，或者父母太过温柔，她长成了一个天真烂漫的十八岁少女。我们知道，这个年龄的少女，是最好骗的。为了不让女孩接触陌生人，她的哥哥甚至每天送她上学。哥哥小自行车的车铃声成了椿树街每早固定的音乐。

女孩的生活幸福，仿佛拥有一切。有一天夜里她家却忽然失火，幸运的是没有人受到伤害。椿树街和谐的邻里关系使火灾从发现到扑灭只有不到二十分钟。值得注意的是，火灾发生时，姑娘正在睡觉。火灾结束时，她仍在睡觉——在哥哥的怀抱里和父母的注视里。她的父母逃出来时两手空空，他们眼神好像在说，她就是他们最宝贵的东西。

小女孩生活平静，仿佛什么都不会变。但在经历那次火灾后，她开始疑惑起来，什么是我宝贵的东西呢？她鼓起勇气问她的同桌，傻乎乎的男孩说兄弟最宝贵。她问女伴，女伴说闺蜜最宝贵。她问老师，老师说你们考上大学最宝贵。她没有问哥哥，哥哥肯定会说她最宝贵。但是，小女孩还是不明白，对自己来说什么最宝贵。

这一年，成绩优秀的她恰好考上了大城市的大学（真是完美女生）。她想，这个问题以后再想吧。于是她进了大学，一边看着别人为宝贵的东西奋斗，一边思考，一边无动于衷。她什么也不做，因为不知道该做什么。偶尔也有男孩约她出去但她都拒绝了。

她的生活注定一帆风顺。大学毕业后，她进入了一家国企。工作三年后，回到家乡和一个男孩结婚。那个男孩她谈不上喜欢，也不能说不喜欢。然而门当户对，各项条件都符合。五年后她有了孩子。六年后他们住进一个带花园的房子。

很久以后的一天，很久很久，她突然想起来那个早就不再想的问题，到底什么才是我最宝贵的。想这个问题的时候她站在镜子前，看着这个快四十岁的女人脸上的皱纹。她忽然回想起十几年前读大学时的一个夜晚，她在路灯下和一个男孩擦肩而过。那个男孩，多看了她一眼。我说过，这个姑娘非常美丽，就像一朵未开的花。

没有人知道自己错过了什么。

3. 织女和牛郎

从前有一个姑娘喜欢洗澡，从前有一个小伙只会放牛。

姑娘叫做织女，小伙名字你来猜。

姑娘和小伙是男女朋友，几千年来他们都平平淡淡，相安无事。有一天，一个叫王母的销售员带着箱子来到姑娘面前，她说，姑娘你的美貌如同天上的银河，但银河也有阴暗的时候。这里的香波可以让你更加美丽，让你在每时每刻都格外耀眼。

织女就很高兴，她说，好心的王母，你想要用什么来换香波。王母说，美丽的姑娘，只有你配用香波，你不需要付出任何代价。于是织女用了香波，更加爱上了洗澡，好像一个中国的静香。偶尔织女也会送给王母一些纺织品。

突然有一天，王母没有出现，织女怀着疑惑草草泡了会就结束了洗浴。第二天，王母仍然没有出现，织女开始觉得一天中最重要的时刻——洗澡，都不那么快乐了。终于到了第七天，织女开始感到不安。这时她才意识到，自己已经离不开香波了。于是，她第一次去了王母的宅邸。

王母的宅邸建在当地最高的山上。因为山高，所以寒冷，王母就多了一个一直泡在洗澡盆里的借口。这一天织女来到王母家，王母家的金碧辉煌让她目瞪口呆，她站在门口，听到王母唤她，好姐妹，快进来。于是她顺溜地进了王母天然温泉般的澡堂。

回到自己的茅屋，织女头一次觉得怎么都不舒服。她对小伙说，你去挣钱吧。小伙虽然不明白怎么回事，但是他实在太爱姑娘了，于是二话不说出去挣钱了。

但王母的香波种类和更新频率远远超过了小伙挣钱的速度。渐渐织女开始抱怨。她说，为什么我不能用最好的香波，为什么我不能住最好的房子，你是不是不爱我。小伙问她，爱是什么。姑娘说，爱是香波。小伙为买不起香波感到很愧疚。

后来，织女就开始很少回家。小伙每天在茅屋里郁郁寡欢。有一天王母来拜访小伙，当然小伙并不认识她，否则一定当场掐死她。王母说，英俊的小伙啊，你为何如此忧愁。小伙说，因为我没有钱买香波。王母说，我送给你一个工作，你到我那做事吧。

于是这个故事要到了结尾的部分。小伙做了那份工作，生活开始富裕起来，有了香波，爱洗澡的织女也回到他的身边。虽然有时会迷茫，但织女的话时刻提醒他，爱就是香波。

考虑到他做的工作，后来的人，都叫他牛郎。以讹传讹，后来的人，都说王母用银币隔开了织女和牛郎。银币很多，所以叫银河。

4. 世界末日之前的永恒夏夜

现在，如果你抬头看天，会发现我们城市的夜空并不那么干净，没有星星，月亮也只好无视。据说之前并不是这样，容我回忆一番——之前，是指 2012 之前。

古代的月亮也是美丽的，古人喜欢用性价比很低的诗句来赞美她，比如月盘啦玉轮啊夜光啊，种类繁多。奇怪的是无须解释，古人都明白所有词指向哪里。

然而最懂得欣赏夜空的是一群小城市里的孩子，兵兵和他的小伙伴们。这群住在中学家属院里的孩子们，晚自习的下课铃声一响,就搬着小板凳,坐到操场里,讨论一些宏大的问题。月亮在遥远的天上聆听。

这个宏大是真正意义上的宏大。孩子们都相信着自己掌握着改变世界的力量。那是临近 2012 的夏天,传说 2012 世界就将要毁灭。

月夜之下,孩子的讨论声回响在空旷的操场里。怎么拯救世界仍然毫无头绪,他们却列出了许多世界毁灭的方式。那时候,未来的报社编辑兵兵还只是小兵兵,他说,世界可能会被外星人袭击。邻居家的君君显然更有创意,他说,世界会被机器人占领。未来的画家周周在那时就已显露天分,她的答案最出彩。她说,世界会被画进画里。

馋嘴的君君说:"那我们能不能在画里画很多好吃的?"睿智的兵兵敲了一下君君的头:"笨蛋,在画里怎么吃东西,那时候我们就不用吃东西啦。"

只有多愁善感的周周说:"哎,不知道以后画里的星空,有没有我们的星空美丽。"

后来,比起拯救世界,世界如何毁灭反而变得更有吸引力。每晚,孩子们准时聚集,一人一个毁灭世界的故事,轮流做着掌握世界命运的暴君,或女王。

然而无论多残暴和富有想象力的暴君,都决定留下夜晚星星和月亮不去毁灭,这成为了一个共识。后来在周周的提议下,幸存名单还加上了操场。她说,世界毁灭之后,我们就在夜空之下,操场里面,讨论如何创造新世界。

随着 2012 的临近,世界毁灭的方式已经有了上百种。由于孩子特有的心猿意马，几百个毁灭的种子还会随机地自由排列，生出变化。所以，我很难确定最终2012是如何到来的。

我试着猜想，猜想，然后辨析。排除掉外星人侵略地球，以及地球被鲸鱼吞入肚子的可能（这个想法来自馋嘴的君君）。比较靠谱的一种说法是，世界毁灭的方式，是孩子们长大了。

突然有一天，他们不再会在夜里分辨铃声，秘密集会，也无人再抬头聆听月亮。孩子们熟稔了月亮的每一种别称，然后丢弃了她。想象中的世界失去他们的想象力，轰然倒塌。

最后，给我讲这个故事的人反复嘱咐我，一定要着重描写夜空的美丽（尽管我因为对夜空不够敏感，显得笨拙），也许那能给这个平淡的故事增添些许亮色。她说："世界末日之前，我们曾经拥有最美的夏夜。"

5. 眼睛像镜子的少年

男孩A从平原的那边走过来，这片想象中的平原下着雨，如果他本人愿意，可能还会刮起风尘，这些都会让他显得很是忧伤。

而忧伤，是青春期男孩最常见的状态。在我们城市里充斥着男孩A这样的忧伤少年，他们背着大大的书包，带着大大的耳机，走在宽阔的街道上显得很小。

我倒无意苛责男孩A的"做作"，如果你也觉得他做作，我相信最终你会原谅他。他的忧伤源于无助和疑惑，源于他的十万个为什么。比如现在，男孩A走在想象中的平原上，思考着三个问题：我是谁，我从哪里来，我要去哪里。在那个年纪，男孩们好像总喜欢思考终极问题,却不知掉进去就难以出来。

分辨这一类少年的方法很简单。他们的眼睛好像一汪泉水,你以为能看到底,实际上看到的却是自己。

因为隐藏自己的最好方式是忠实地反映外界世界。就像一面镜子,而男孩 A 无疑是最光亮的那面。

故事讲到这里,还不能称为故事。正如缺乏倾听者,讲述者的话语就毫无意义。一个人是无法活动的,即使是在故事里。于是我们的另一个主角,一个姑娘,正从平原的另一边走来。她的脚步坚实,让我无从判断她是否也是男孩 A 虚构的产物。

但可以确定的是,她有一双和男孩 A 一样的眼睛,这是一个忧伤的少女。他们会在某个城市相遇,然后相望。

当男孩 A 看着姑娘的眼睛,好像一面镜子面对着另一面镜子。他们可以看到彼此,和彼此眼中的彼此,相顾无言。这时,对于一些朋友,故事已经结束了。对于另一些朋友,故事才刚刚开始。

"一面镜子,加上一面镜子,就是无限。"——意大利谚语

6. 擅长刺绣的少女

古代东方的村庄里,少女们整日编织着珍贵的蚕丝。唧唧复唧唧,唧唧唧唧唧,如果你有幸在少女闺房的窗户下待一会,便能听到这奇妙的音乐。充满想象力的小伙,甚至能据此分辨纺织姑娘美貌与否。

但是,有许多姑娘不那么热爱织布,比起织机,她们更愿意和窗外的花蝴蝶打交道。这些姑娘一般都不怎么漂亮。(爱劳动的姑娘

才美丽。)然而有一个少女却精通此道,女红里面,她尤其热爱刺绣。

清晨,姑娘在闺房里刺绣,绣出的图案线条分明。傍晚,姑娘在河边月光下刺绣,绣出的样子色彩斑斓。姑娘本人喜欢后者,因为夜晚使人浪漫。

她收集晚霞的紫色和石榴的深红。淳朴村民的汗水在她眼中是土黄色,而春天的绿色,冬季的雪白,也都被她刺进织布里。纳凉的村民常常能看到姑娘在河边用取自自然的色彩和来自西方的颜料为自己的蚕丝染色,娇小的脸上露出温柔的微笑。

一开始,她的刺绣只是在闺蜜间流传,后来一些村民们也爱上了她的作品。新婚的村姑喜欢从她这讨来刺绣,为刚出生的婴儿做一件件肚兜。姑娘感到高兴,被认可的喜悦使她的刺绣焕发出兴高采烈的活力。她的刺绣越来越出名。

有人说,姑娘的刺绣能赋予事物本身生命。出于对女子有意无意的轻视和人们自己的傲慢,这种传言很快就被反驳,然后销声匿迹。当时的文坛才子评论姑娘的刺绣,格调不高,难登大雅。

这些言论并没有挡住刺绣的火热。渐渐的,官吏商人们喜欢附庸风雅地买来她的刺绣挂在床榻之上,或是用刺绣来为自己仕途疏通关系。村民们看她的眼神有时充满崇敬,有时则满眼谦卑。这两种情感都是姑娘所厌恶的。

姑娘情绪低落,她的刺绣便黯然失色。当有一天她刺出一整张只有灰色的布时,她明白,种种迹象表明,是时候告别了。

她决定为自己留下最后一张刺绣。于是她开始工作,这一次,她只想使用简单的线条和黑白两色。从早到晚,一整天过去了。工作临近尾声,姑娘无声地啜泣起来,她的手指颤抖,恰如此刻我的手指(原谅我的手指)。她不小心刺破了指头。

终于,姑娘绣完了最后一针。扑哧一声,她像空气一样消失在原地,织布上出现一个身着白衫,桃尖顶髻的少女,栩栩如生。

最终,善于刺绣的少女,把自己绣进了刺绣里。

如果你有幸得到那张刺绣,请一定珍惜。你会发现在织布的右下角有一朵暗红色的花,那里混杂了姑娘的眼泪和鲜血。

7. 猜到结果的公司职员

在我们这座钢铁森林的某个小角落里,住着一位普通的公司职员。他日出而作,日落而息,过着单调的生活。日复一日,年复一年,让他感到无比的厌倦。

他非常的寂寞。他喜欢坐在地铁上,默默地计算时间。他发现从公司到他的公寓,居然要花四十一分钟。尽管已算了多年,这个数字还如第一次计算时一般让他惊异,要知道,在他故乡的小城,四十一分钟的车程就可以绕城一周。

更多时候他在公寓中枯坐。打开房门后他顺畅地把自己摔在沙发里,一轮一轮地翻看电视节目,等待疲惫自己覆盖上他的双眼。如果我们敲别的房门,会发现这栋公寓装满了这样厌倦的身体。

我们普通的公司职员像上了发条一样生活,他不允许自己的生活里出现一点亮色。不知不觉间他已经具有了某种特殊的能力,他能看到事物的结果。因为鲜花最终会衰败,他看到鲜花,想的是枯萎的灰色。孩子终究会长大。他看到孩童,想的是大人的无趣。他看到太阳,唔,他几乎看不到太阳,因为太阳终究会落山。日复一日,他想象的形象最终代替了事物本身。有一天公司新来的姑娘带来一盆茶花——她的笑容本身就像一朵鲜花。在他的眼中,那却只是枯枝败叶。

我说过,他的生活像上了发条。准确的说,像一个钟摆。那么就让我们把视线暂时从他身上移开,反正当我们看回来时,他都还会在那里规律地摇摆。反正在他眼中,他自己与死人毫无两样——在他眼中我们都是要死的。

有一天,公司里来了一个小姑娘。她想用她带来的茶花,以及她自己,让公司气氛不再那么沉闷。她的努力得到了很多人的认可,他们望向姑娘的眼神,以及和姑娘说话时刻意放低的声音都可以证明这一点。然而邻座的公司职员却始终无动于衷。姑娘发现,他看东西的眼神总是冷冷的。

尽管如此,姑娘仍然坚持每天给茶花浇水,自己则始终微笑,保持乐观。她经常观察邻座的公司职员,发现他少言寡语,盯着电脑时常能坐一整天。显得闷闷不乐,姑娘想。她对他越来越关注,渐渐地发现自己已深深地爱上了他。于是她偶尔会给他讲几个小笑话,希望能让他短暂地从电脑上移开视线,看向自己。

公司职员仍然无动于衷。当姑娘再无笑话可讲的时候,她决定离开。或许是心有不甘,她要求他来送她。

姑娘的请求并不过分,公司职员一口答应。到了分别那天他和姑娘相视而立,时间一长,居然有一种意味深长的沉默。但公司职员到底是什么也没做,我说过,他很普通,普通得近乎平庸。

姑娘恨铁不成钢地一跺脚,把花递到他的眼前,说:"我的花送给你,你看她多么美丽。你要用心看,你会看到什么? 我……我喜欢你。"说完,姑娘再无遗憾地离开了。

我们无从知晓公司职员看到了什么。在属于他自己的故事里,他说:"我看到了刚刚开始,永不结束的爱情。"

8. 叛逆的红龙

龙吟声划破平静,惊起了所有山谷中的鸟兽。这是红龙先生每日清晨的必修课。此刻他咂咂嘴巴,为自己威严尚存感到满足。

这片山谷是属于他的,他庞大身体下的财宝,没有人能够夺走。无数年前他只身来到这片土地,击败了山谷之王,建造起自己的山洞。这才换来了清晨舒畅吐息的权利。

他最爱的财宝,是他的儿子——小红龙。

同样是在记不清岁月的日子里,他强占了一头母龙,以新晋统治者的身份令她为自己生下骨肉。新生的小龙血统纯粹,仅仅一点,他的肉翼单薄,像他平凡的母亲,除此之外,他简直像和红龙先生一个蛋里生出来的。

红龙先生得到了母龙的身体,却没得到她的心,母龙产下蛋甚至没有看一眼就离开了。尽管红龙先生并不在乎——所有龙都不在乎——他还是感到一丝挫败。于是他把这份遗憾转化成爱,全部灌注在小龙身上。

你要成为真正的红龙。红龙先生这样教育他的儿子。

这一天他的儿子来到他的洞穴,他才发现,不知不觉间小龙已有小山大小。

"父亲,我要出远门了。"小龙开门见山地说。

"呜？你甚至都飞不过山谷。哈哈哈，容我翻个身再笑，哈哈。"

小龙低吟道："但我善于奔跑！"如果他不是红龙，或者皮再薄些，你会看到他的脸上泛起了红晕。

"是吗？那又怎样，孩子，世界很大。"

"我说过我不是孩子！对面山谷的小绿龙已经出门历险，我却在这里拿鸟兽取乐。"

"每条龙都有自己的路……等等……原来你想要统治更多，那么，我封你做王。"红龙先生用前爪捻起一个黄金王冠，扔在小红龙面前。

"父亲，我把这视为挑衅。"小红龙吐出一口火焰，愤恨地说。

红龙先生知道再也没有什么能够阻止儿子。于是他换上一副愤怒的表情，说："如果你要统治，那么就先打败我，像我曾经对别人做的一样。如果你想历险，那么我是你第一个敌人。现在，开战吧！"

"您是我最大的敌人，父亲。"小龙扑向红龙先生。

无数个年头的懈怠和根深蒂固的满足感，让红龙先生不知不觉已变得不堪一击。小龙毕竟长大了。况且他不管不顾，而红龙却心慈手软。几个回合后，小龙遍体鳞伤，红龙先生已经倒在地上。

像所有龙所做的一样，小龙打败了老龙。

"再见，我的父亲。"小龙捡起父亲赐他的王冠，用自己的火焰熔化了它。从今之后，他可以肆意处置自己的战利品。

"再见，我的儿子。"在龙王的低吟中小红龙已经平稳地飞远。

原来他一直在练习飞行。

在那之后，龙王的心境不得而知，他仍然守护着自己的财宝，即使有的财宝已经失去。

无数年后,化成人形的老红龙先生,站在一张自己父亲的照片前,手中把玩着胞浆核桃,想起年轻时自己的叛逆。

9. 瘦身患者

亲爱的姑娘,听说你要减肥。好,我举双手赞成,谁不喜欢身材苗条的姑娘呢。不过,在你下定决心之前,请容许我先讲一个故事。

在古老日本的某一个时间点上,有一个相扑之国。这里的人们视相扑如生命,甚至高于生命。相扑国的国民珍惜他们身上的每一块肥肉像珍惜他们的财富。从某种意义上讲,那确实代表着他们的金钱、荣耀乃至人格。年轻的小伙为了争夺一个姑娘,通常会在城中央摆起台子,请来姑娘的父母,举行一场相扑比赛。每逢这种时候,城中就热闹非凡,台下挤满了相扑国国民。细心看会发现,站在最前面的总是最肥胖的,因为他们地位最高。

因为爱情故事频繁发生,城中每时每刻都在举办相扑比赛。赢得比赛的小伙也赢得了他的姑娘——一个肉质鲜嫩的女相扑,而输掉比赛的小伙要急着赶往下一场。观众中常常混杂着星探,他们在寻找明日之星。

同样,相扑国吃饭也离不开相扑。上好的肥肉和猪油只留给赢得比赛的人,失败者只配吃瘦肉和水果蔬菜。没有时间悲伤,如果不想一直当失败者,那么就快点赶下一场比赛。

然而吃上好食物的人往往更容易长胖,也就更易赢下比赛。长此以往,胖则更胖,瘦则更瘦。相扑城慢慢出现了明显的等级分化:

重量级、中量级和轻量级。

有一个少年,在二十岁的时候只有令人怜悯的 200 斤体重。不知是他不思进取,还是他屡战屡败,总之他不再长肉,还有不断变瘦的趋势。重量级的人自然看不起他,连中量级和轻量级也每每轻视。而他自己也选择不再自取屈辱,让人从相扑台上扔下来。

他每日靠捡来的瘦肉度日。也许饿昏了头,有一日他走到了城中央的相扑台旁。

台下的人纷纷对他投来鄙夷的目光,连台上的选手也大感扫兴。他们藐视的目光就像看一坨瘦肉精。终于,一个优雅的官员拉住少年说:"你破坏了我们的比赛,一定居心叵测。走,我要抓你去见国王,让他亲自审判你。"

毫无疑问,相扑国的国王就是全国最胖、最重和最重要的人。

所以少年跪在国王面前,国王只是厌恶地移开眼睛,他支吾道:"我判你有罪。罚你进健身房一个月,只许喝减肥茶。"一个好心的大臣提醒国王这会要了少年的命,于是国王补充道:"态度良好,就赏你两斤肥肉。"

那是怎样的一个月,少年不敢去回忆。当他走出健身房时只有堪堪 130 斤体重,看着街上肥美的国民们,他对生活充满了绝望。"我一辈子都无法成为胖子了。"他在心里哭泣。

于是他选择离开。

他自制了一支帆船,带着国王赏赐的两斤肥肉,漂流渡海,开始他的旅程。风暴毫不同情地吹着他瘦弱的帆船和他,许多次他都想放弃。

终于他在一个海岸线停泊下来,这时他的皮肤已晒成了麦色,脸颊消瘦，他不敢想象自己的体重，因为他知道自己无法接受这个现实。尽管如此，意志消沉的他还是强撑着走向一座城市。

这个城市属于苗条国，顾名思义，这里以瘦为美。少年凭借他紧凑的肌肉和麦色的皮肤，一进城就成为了所有人的焦点。他顺理成章地被推选为国王。登基那天，大臣跪在他脚下，请他说出哪怕一条的谕令。

"让我们……让我们不要歧视瘦子。"余惊未消的俊美少年说。

10. 被遗忘的故事

有一座城市，叫左耳城，城中住着善于遗忘的人们。城名源于一句谚语，左耳进，右耳出。表示健忘，再贴切不过。但城市的建造者刚把上半句写在城门上，就忘了下半截。

左耳城的人们生活简单而幸福——因为健忘，所以幸福。在他们偶尔感到忧愁时，遗忘的力量就会抹去一切。左耳城的人是不记仇的。打个比方，在城南的小集市上，一个奔跑的少年刚刚撞倒了另一个少年，你一定觉得血气方刚的他们会大打出手，但事实是，被撞倒的少年匆忙地帮另一个掸去衣服上的灰尘，柔声说道："没关系没关系，反正转眼就忘。"

传闻不远处的对岸有一座城市，城名忘记了，总之那里面住满了善于记忆的人们，他们用纸笔帮助自己牢记，杰出者可以背一千零一个故事。左耳城的人们对此感到不解和震惊，城主甚至一时兴起立下一条法令：杜绝用纸。法令写在纸上，挂在城门上，然后他们把这件事忘了。

要我说,这完全没有必要。因为遗忘,左耳城的人自己没有故事,也对他人的故事毫无兴趣。他们的记忆长则几星期,短则数秒,要看被记忆的事情而定。

有一天,在这座城市里,一个少年爱上了一位姑娘。这段恋情几乎注定不得善终,但少年和姑娘像所有年轻人一样,都固执地认为自己可以例外。事实证明,并不如此。在坚持了七个星期之后,遗忘率先击中了姑娘。

"亲爱的,早上好。"少年问。"您好,您是谁?"姑娘答。这使少年明白,这一刻终于到来,自己心爱的姑娘已经不在了。

"初次见面,但我爱你。"少年毫不气馁。

不知道这种相识重复了多少次,少年悲伤地意识到终有一天自己也会忘却一切。

某一日,趁着夜色,他只身逃往了记忆之城。说明来意,面见国王,一切都很顺利。看不出年龄的国王朗声道:"姑娘早已不是你最初爱的样子。既然这样,何不留在这里,这样你就永远不会失去她。你不用害怕,这早有先例。"

不等少年回答,国王又说:"或者你害怕孤独,只是想陪着她身边? 因为她还像初识时一般美丽。那么你尽可回去,我赐你纸笔,这也许可以暂时延长你的幸福。"

现在,选择吧。

关于少年最终的选择,后来的人们众说不一。有人说他永远留在了记忆之城,那里的人深爱着的是自己的回忆,少年成为了他们的一员,但后来渐渐不愿去回首往事。

有人说他铤而走险,一笔一画地写下自己和姑娘那些被遗忘的故事。偶尔他也会写下城中的其他人的故事，为了不再遗忘，讲给她和自己听。

可以确定的只是，两座城之间每天都人来人往，熙熙攘攘。

11. 逃跑计划

众所周知，逃兵和勇士拥有同样悠久的历史。在古代战场，哦，沙场上，一些人突然惊醒或者走神，被血光所覆盖，一些人也许想起家中的娇妻爱子，一些人本身就是孩子。总之，无论何种原因，他们选择了做一个逃兵。

逃跑，无论如何并不光彩。逃跑成功的士兵多数选择隐姓埋名，失败的士兵自然死在原地，这就导致关于逃跑的传说一直未有流传。关于逃跑的技巧也就更不得延续。

在所有逃跑中的人中，有一位佼佼者。

据说他曾经是个王子，成年后自然而然地当上国王，也自然而然地感到厌倦。于是他开始了逃跑之旅，至今没有停歇。他谎称驾崩，偷偷返老还童，做了自己的对手——叛军的士兵。然后他又很快感到厌倦，扮成一名刺客杀死了叛军头子并取而代之。接着不出所料，他又杀死了"自己"，逃亡别国。

他有许多闲暇时间，事实上，在成为国王之前……哦，谁能想到特洛伊战争中，被海伦吸引的麦尼劳斯和帕里斯，其实是同一个人呢？

史书中对他多有记载，或者说，他匆忙的身影在史书中时隐时现。他以各种语言的名字出现，英文、拉丁文、法文乃至古老的中文。每当有人对他的身份有所怀疑时(时常会有人觉得佛祖和耶稣理念其实差别不大,诸如此类的证据使他们沉思),他就熟练地逃走。所以时至今日,都无人能探知他一鳞半爪的秘密。

我说,时至今日,是因为,他从一开始就逃过了时间的追捕。他是位真正的大师,没有什么能困住他。

"那么,他现在逃到哪里了呢?"姑娘抬起头问讲故事的男人。

"不知道,他还在逃。"说完,男人轻轻拥抱姑娘,站起身来。

12. 倔强的小锡兵

"你看天边的晚霞,它多么美丽,它的红色在我的眼睛里。你看地上的草地,它多么柔弱,它的青色在我的手指上。你看奔跑的犀牛,你看电视机里的北极熊,还有午后的猫,在树枝上打盹。"

"你为何如此悲伤。"

欧洲北方的一座小城里,一个中年工匠正对着桌子上的小锡兵倾诉衷肠。

"现在出门,外面是怎样的春色。你能相信吗? 他们说我是灰色的,整个城市里只有我一个人不信。我不是的,我现在就带你去外面,敢不敢? 我相信我会说我敢。"

工匠把小锡兵摆在眼前,看着它的眼睛,为它抚平额头的头发——准确的说,那是他的,都是用他的头发粘起来的。

"你什么都不懂。"他突然把锡兵用力扔在地上。士兵在地上弹跳翻滚,每发出一声响动工匠就捂住胸口,做出一个悲伤的表情。声音未停,工匠已经捧住锡兵,把他好好地放在桌子上。

幸好它只擦破了皮，"衣服破了。"工匠说。他正在动手调制颜料。

"然而只有你听我说话了。隔壁的姑娘——但愿她是个好姑娘，我只有幸透过窗子看到过她的一截小腿。楼下的老头，他只有在收房租和送饭的时候出现。外面的世界，我很久未亲近。事实上，它们也不值得我亲近。"

"好吧，也许是我嘴硬。深夜出门？好主意，你真的那样想吗？但我不会，我不会。既然我已经决定将自己和他们隔开，那么我就不会做任何妥协，哪怕是悄悄的。"

说话间，工匠已经为锡兵涂好了颜料，现在锡兵穿着一件大红色的礼服。

"瞧你多美。不过，毕竟没有我想画的那种更美，我手太笨了。况且无限的红只有在想象中才会存在。"

他停顿一下。

"就好像，最美的景色只有在我的想象中存在一样。就让我待在房间吧。具体的事物太易使人厌倦。云彩会散，草地会枯，而在它们真正消散之前，我就已经感到无聊。就让我的北极熊，永远在我脑海中走来走去。"

"请原谅，这是我爱这个世界的方式。"

工匠讲完最后一句话，把小锡兵轻易地丢在身边的箱子里，好像它和他再无关系。那里放满了各色的锡兵——其实在外人眼里他们大同小异。但出于职业道德，工匠还是觉得该给自己的作品一个名字。

"你叫，'倔强'的小锡兵。"工匠第一次也是最后一次这样称呼它。此时，收锡兵的商人已经在外面敲门。

13. 德拉威尔

风平浪静，太阳高悬的某一天里，一艘大船刚刚驶进德拉威尔的港口。动作缓慢的码头工人懒散地为大船绑好大锚，安置木板。一切照旧。

舱口打开，第一个出现的人却让他们眼前一亮。一个女人，一个东方女人，在那时并不多见——码头工人对女人总是格外敏感，何况这位姑娘飘扬的黑发，小巧的五官，都表明了她的身份。最先看到姑娘的工人立刻指给自己的伙伴看。

"在那。"她提起裙摆。

"不对，我看到她在啊。"姑娘混在了人群里。

"我看到了，她很高对吗?"一个工人指点道，"提着灰色的箱子。"

"蠢货。姑娘很小巧。她的箱子是红色的。"说话间人群已经散尽，姑娘消失得无影无踪。码头工人叹息一声，为一天中小小的艳遇感到既高兴，又遗憾。

经过一天的跋涉，这位姑娘敲响了德拉威尔郊外的一个大庄园的木门。

打开门的是仆人，真正迎接她的却是一位公子。初次见面，公子听了数次，又找来仆人一起听，才确定了姑娘说的是你好：Hello。

原来，这是一个日本女生。

备好纸笔，姑娘开始写下自己此行的目的：原来，她是庄园主人在日本的私生女。现在,女大当嫁,她需要征求自己父亲的意见。

只停顿了片刻,姑娘又写到:但现在到了,庄主并没有迎接,想必是去世了。毕竟年月已久,我也不抱什么希望。最后,姑娘用日本人特有的温柔语气说,要不我就走吧。

公子几乎是抢着表明身份:我是庄主的养子。请你务必留些时日。

但姑娘似乎并不开窍,或者是语言障碍太过巨大。她时常表现得非常懵懂,而少年只以为她思乡心切。

于是他每日带着她到处游历,或者是在自家庄园打转,或是在森林里捕捉野味。

姑娘有很多疑问,他都一一回答。

"这是什么果子? 很甜。"

"这是葡萄。"

"这是什么液体? 红色。"

"这是葡萄酒。"

"为什么我喝了会头晕。"

"因为里面有很多葡萄,太甜。"

"为什么我们要喝它?"

"……"公子不知如何作答,只好装作没有听懂姑娘的英语。

终于到了离别的时候,公子明白已经没有尝试的必要,于是亲自把姑娘送到港口。"嗨,我又看到她了。"码头工人说。他们又将延续一天的小小幸运。

但公子的心情却非常沉重,以至于他什么都没说,也不敢问姑娘是否明白自己心意。匆忙间他递给姑娘一包葡萄种子。

最后,他还是不知晓她的想法。

在姑娘离开的许多年后,一个风平浪静、太阳高悬的日子里。

公子在家中读着报纸——那时已经信息发达,世界像一个轮子一样疯狂地向前。也许已经有电视也未可知。但彼时彼刻,公子翻着报纸,在报纸角落的世界趣闻里,读到一条消息。

日本,葡萄产量突破10万斤。日本某城市开展葡萄节。

在消息的结尾,标注了日语中"葡萄"的拼写:デラウェア

懂日语的朋友一定知道,这个词的读音,正好与德拉威尔相同。

14. 好心的狼

在一个油绿色的夏天,少年在山谷里放羊。他忧愁地甩着鞭子,却不是抽向羊背——他不舍得。他的鞭子抽在地面上,发出一声声清脆的响声。鞭头被石子擦破了皮,他倒是一点不心疼,很显然,这是个不那么专业的小羊倌。

更多则是因为他的漫不经心,漫不经心是因为孤独——那种感受,多年后某个名叫长途卡车司机的职业,最能体会。少年走来空旷旷的山谷里,树叶在他头顶上严丝合缝,他就没来由地感到无趣。

其实在山谷外面,就是他的村庄,但显然没什么用,村庄里的人都少言寡语。还不如——此刻他靠在一棵松树下,掏出纸和笔,写下:十八岁给我一个姑娘!

"我内心肿胀啊。"

少年大声喊道,声音在山谷回荡,然后演变成了"肿—肿—肿—肿,胀—胀—胀—胀"的渐变效果,从山下听好像是山谷在为自己长

了个肿瘤恼怒。

所以没有人理他。

少年只脸红了一下，很快恢复回来，他毕竟读过书，这次他喊出他该喊的句子："狼来了！！！"

尽管这一次听起来也不尽如人意，好像怀春少女在喊"郎来了"，但他面前还是瞬间出现众多村民。"怎么了？"村民问。"我寂寞啦！"少年答。村民把少年痛骂一通之后很快走掉了。

少年毫不气馁，待村民走远之后，气运丹田，又喊出一声字正腔圆的，"狼来了！！！"

于是已经走掉的村民又重新出现，"怎么了？"又问。"我好孤独。"少年抚摸着山羊脑袋说。村民这回确定了，眼前这个人是在耍他们，于是把他暴打一顿，然后以更快的速度消失了。

果然，当缓过气来的少年再次喊出狼来了时，只有山谷里的回音响应他。

而狼这次真的来了，就站在他面前。

少年这才后悔莫及，他尖叫了三声，山谷就跟着他尖叫了六声，他在地上打了个滚，狼不动神色地注视着他。

然后他突然想起，在山谷的另一边还有一个人，或许她能救他。那是一个姑娘，一直在山谷的另一边放羊。有关姑娘的画面在他脑海里飞快闪回，长久以来他们的对话都局限在"你想来找我吗"、"我不想来找你"、"我也不想来找你"、"那你别来找我"、"那你也别来找我"的阶段。他们好像两个傲娇的小孩，一直玩着你不信我那么我也不信你的游戏。

脑海中漫长的画面，现实里只有数秒。沉默的狼眼看着少年眼角划出一两滴泪。接着少年开口说话:"亲爱的狼先生,我还不太想死。不如我们玩一个游戏,如果我能叫来人救我,你就放过我。"

也许是因为狼先生同样离群索居许久,他也很想知道是否有人愿意相信少年。于是他说:"我应许你,不过你每说一句话,我就要吃你一头羊。"

少年喊出姑娘的名字:"山谷那边的姑娘,请你回答我。我需要你的帮助。"说话间一只羊被扑倒,少年脸色一沉。

"山谷那边的小伙,你又有什么事,不是说好谁都不理谁的吗?"

"我遇到了危险,这里有一头凶恶的狼,亲爱的姑娘,请你一定来救我。"又一只羊被咬破了喉咙,但狼并不急于吃它,任由可怜的山羊鲜血流干。

"是真的吗?你确实不是骗我来见你的诡计?"那边的声音停顿了一会,"那么我很快就来救你。"

"不。"少年眼见狼的凶残,突然醒悟,心知素未谋面的少女如果到来,只会成为狼的食物,于是他说:"等等⋯⋯不要来,狼太过凶狠,我会想办法,请你去找人帮忙。"尽管少年知道救兵来到时自己早已被吃掉。

但少年的话语反而坚定了姑娘的决心:"我这就来救你!"

少年灵机一动,语气一变:"亲爱的姑娘,我只是试探你,我这里并没有狼。我想骗你来见我,您瞧,我显然快要成功了。"又一只羊死掉了。

"真的吗?您当真如此卑鄙?"

"真的,我很抱歉,但这只是无害的玩笑。"

"我不会来见你。"

"我不稀罕你来见我。"

"我绝对,根本,不会去见你。"

"那么正好。"少年知道羊已经所剩无几,他不想看到更多血腥,索性闭上眼睛,"不要来。"

"还有,我爱你。"

说完最后一句话,山谷的那边没有回音。少年抱着最后一只瑟瑟发抖的羊,向狼走去。

于是故事终于到了结尾的部分。后来究竟发生了什么,其实并不确定,有人说狼早已吃饱喝足,索性放过了少年。有人说山谷那边的姑娘从一开始就在召集村民,说话的时候正向少年走来,每说一句话都盼着少年还活着。

"总之,少年和姑娘后来幸福地生活在了一起。时常有人看到他们在山谷里一起放羊,显得很般配。"

靠在松树上的少年写完文章的最后一句话,合起手中的本子,长叹一声,抚摸身边的山羊。山谷里,从头至尾,一棵树,一个人,一只山羊,一笔,一纸。

15. 怪物图鉴

有一种大鸟,立地能飞几十丈,幼鸟就有成年老鹰大小。他们飞行的时候全身羽毛光滑,好像涂了油一样,是暗紫色的。不飞的时候羽毛就变成了白色。但他们只有死的时候才不飞,所以没人见过白色的大鸟。他们飞过头顶的时候,总有公鸡母鸡嫉妒地咕咕直叫。大鸟就说:"你们懂个鸡毛。"

有一种猫咪,动作很灵巧,毛是白色的,跑起来像一阵风。她快得好像没人能抓住她一样,不过她的脖子下面很柔软,你帮她揉揉她就会顺从地扭腰。有时候她也会故意让人抓住她,你得意地给她梳理毛发,却不知道你才是那个被抓住的人。

有一种岩石,在火山、沙漠和海底都会出现。那种岩石是纯黑色的,叫黑曜石或者什么,也可能什么都叫。他是做刀具的上好材料,但这种石头很倔,怎么锻都锻不好。聪明的小孩捡到这样的石头,就把他在黑屋子里放一夜,然后给他讲好多故事,再趁他不注意一下把他摔在地上。岩石就像鸡蛋一样裂开了,孩子会说:“呀,他的心好软。”

有一种松鼠,个子挺大,通体黄色的毛发,摸起来是毛茸茸的,好像猫的耳朵,一点都不吓人。没人的时候她习惯用后爪走路,空出前爪梳理头发,经常有匆忙的旅人惊鸿一瞥,把她误当成森林里的精灵。久而久之就有了美人鼠的传说。如果你也目睹她的美丽,可能会被小小地电一下。

有一种恐龙,是最后一只霸王恐龙。他游走在森林和山区的边缘,羞于让人见到。因为他有严重的哮喘,走几步就呼哧呼哧喘粗气。(后来他不停缩小自己身体,这种情况才好转。)如果有好心的哺乳动物试图帮助他,他就傲慢地扭头走掉。他只吃草,所以很瘦。看到哺乳动物,他最爱说的话就是:“讨厌你们,讨厌你们。”或是,“世道中落,礼崩乐坏。”

有一种冰块,因为化得太快,所以来不及讲故事啦。

有一种小鸟,身材肥胖,说起话来粗里粗气,所以没什么朋友。他晚上不睡觉,睁一只眼闭一只眼站在树上,好像夜晚守护者。他会咕咕咕咕叫，或者嘟嘟嘟嘟叫。他一咕嘟，就爱讲故事。

16. 大魔法师

南怀帝国的最后一位魔导师，坐在藤椅上动了一个念头，然后南怀帝国灭亡了。后世的人常常用此例来证明他魔力之强大，也有人斥责他把人民扔进战乱之中。对于这些话语，他从不反驳。一次醉酒后他坦言："其实我什么都没做，是时间摆平了一切。"

"在现实面前我和你们一样无力。"

说话间他随手把一只杯子变成兔子，作为这句话的注解。邻座的人为魔导师的幽默露出得体的微笑。

随着魔法源泉的消失，魔法师之后再无魔法师。魔导师大人只能凭借体内残存的魔力，完成 C 级以下的咒语（如今似乎连魔法分级都不再必要了）。而昔日炙手可热的魔法大学堂早已关闭，来避免无学徒可教的尴尬。如今已经没人能感受冥冥中魔力的召唤。

在魔法世代兴盛的时候，魔导师有填海造陆之能，可在伸手间毁灭一座沙漠，甚至能使用那最终的魔法，穿越时空。因为魔法源泉里有无穷的魔力，他要做的只是感知它，熟稔地念出魔咒，然后将魔力引导出来。当然，其中也有一番艰难，并不是所有人都能成为魔法师。

但确实每个人都可能成为魔法师。

他曾经以为自己无所不能，直到有一天他隐隐约约触摸到某个屏障。那天他在街上碰到一个小姑娘，准确的说，是小姑娘碰到他。小姑娘手中的冰淇淋弄脏了他最爱的长袍。

"瞧瞧你都干了什么!"常年的傲慢让他毫不掩饰自己的怒容。

然而小姑娘只是不断地道歉,为自己的莽撞感到抱歉——她一点不害怕吗? 眼前的人可是一位发火的大魔导师。

接着小姑娘低下头不再说话,好像很伤心。

原来,这是一个盲女孩。

魔导师这才知道自己的失言,无意间伤害了小姑娘。他变出一朵玫瑰花,接着又把玫瑰变成兔子,兔子变成老虎,老虎变成老鹰,老鹰变成一整只交响乐团。最后他突然意识到自己的无力,从始至终,小姑娘都没有笑一下。越热闹,她就越伤心。

他的魔法唯独不能改变人心。

幡然醒悟的魔导师感到沮丧,更沮丧的是,作为一个大魔导师,他对自己的沮丧毫无办法。他回到家,刚刚一声叹息,南怀王朝就毁灭了,魔法之源消失,他再也无法做任何弥补。

他念动那个最终的咒语,把自己传送到千年后。魔法完成了,他体内的魔力所剩无多,他现在几乎是一个普通人。

"您是街头艺术家吗?"大街上一个小伙看到他古怪的装束后问道,不等他回答,小伙就扔下一枚硬币匆匆走掉。

"你会做什么?"又一个路过的行人问。

"您能让高脚帽里飞出鸽子吗?"终于有一个小女孩停下脚步。

"当……当然可以。"魔导师照做了。

"您是怎么做到的?"魔导师不知如何回答,他只是默念咒语,像往常所做一样。

"您真是一位好魔术师。"小女孩接着说,她鼓起掌,表情郑重地放下一枚硬币,然后笑着跑开了。

每一天，每一个时辰，魔导师都站在那里。

"您能让鸽子跳舞吗？"

"没问题。"

"您能飞起来吗？"

"当然。"

"您能变出一朵玫瑰吗？"

"可以，另外，你的女友很漂亮。"

"您能毁灭世界吗？"

"呃，不能。因为我喜欢你们。"

尽管体内的储存的魔力一点点减少，他却毫不在意，自得其乐。周围的人们慕名而来，人群里混杂着记者，所有人都想一窥探他的秘密。没有人成功，他没有丝毫破绽。

有一天，他看到一位垂头丧气的少年。

"你怎么了？"

"我的生活太过无趣，我每天都闷闷不乐。"

少年默默地倾诉自己的不如意——生活没有希望，每个明天都像昨天，他不知道该做些什么。自己只不过是人类中平凡的一员……

在少年的喃喃自语中，魔导师低声吟唱咒语（随着魔力减少，他确实变弱了，需要辅助）。然后少年看到天空中飞满了萤火虫，在他们这样的城市这几乎是不可能的。"这些星星，今晚只为你闪耀。"

"有没有多余的硬币，我还有一个很棒的魔术。"

魔法使人们相信惊奇。

"年轻人，你为何如此匆忙。"一个中年人在广场上焦急地踱来踱去，偶尔趴下头寻找些什么。

"我的戒指丢了,那是我要送给未婚妻的。"

"是这枚吗?"魔导师伸出右手。

魔法使人们得到安慰。

一个老人找不到回家的路,在大街上踌躇。魔法师在他面前扮出一个大大的鬼脸,然后施展魔法,治好了他的健忘。

"这次是免费的。"

"我……你一定有真正的魔法,我要把我亲历的东西告诉别人,别人一定会说我瞎说……我的老伴也不会相信我……但你一定有魔法,我不太懂……你好像神仙……让给我想想……"老人不知该如何表达自己的感受,他找不到那个合适的词来形容自己的心情。

魔法使人们审视内心。

那个小女孩又出现了,这次她想听鸽子唱歌。她扔下一个硬币,双眼闪着光,盘腿坐在地上静静等待。

"魔法使人幸福。"

魔导师变出一群鸽子,它们乖巧地停在小女孩四周。一开始很小声,后来越来越响亮,它们甚至有不同的声部。仔细听,那是一首《欢乐颂》。

人群向这边聚集,他们惊叹眼前的奇迹。魔导师拨开人群,走进小巷。念动最后的咒语,于是时光从他身上剥离,魔力一点点地回到他的身体,他感到自己在不断地后退。他睁开眼,盲女孩站在他面前,如最初一样美丽却无助。

"对不起……我不是有意的。"

"没关系。"魔导师笑道,这次他知道该做些什么。他抚摸小女孩的双眼,于是不再盲了。她的眼睛也是那么闪闪发光,好像星星。

他伸出双手,于是两个冰淇淋出现在他手中,他和她,正好一人一个。

至于他袍子上的印记,魔导师倒是没有消除。他说要留作纪念。

"太美了。"《欢乐颂》结束,人群和鸽子一起散开。小女孩也不知何时不见了,广场上只剩下一个少年。

这个少年,就是那个郁郁寡欢的孩子。他本不相信奇迹,直到他遇到魔导师。在刚才,他一直注视着魔导师,看着魔导师在《欢乐颂》中向外面走去。然后他跟过去,却只看到空荡荡的小巷。于是他明白这个男人从此之后都不会再回来了。

几个星期之后,广场上多了一个"变魔术"的少年。只要有人投下一个硬币,他就讲一个有趣的故事。他最常说的话是:

"每个人都有属于自己的魔法(笑),这是我的。"

17. 折纸姑娘

传闻很久以前,一个姑娘擅长折纸。她折出山川河流,花鸟鱼虫,吹一口空气,就能赋予它们生命。一切自然而然。她隐居在某座迷宫里。当然,那是由她自己制造的,谁都没有真正见过她,但一部分人选择这样相信。

姑娘有一双巧手,却很粗心。一次她折出一朵美丽的鲜花,又担心鲜花干枯,于是把它插在花瓶中,自己则动手制作下一个作品。等她回过神来,鲜花自然已变成绵软的湿纸片。姑娘感到有些伤心,她平缓了一下情绪,然后把新折成的面包投进烤炉。

她并不总是如此大意。家里的小猫小狗是她折成的,它们既不会乱叫,也不会撞坏东西,优点多多,姑娘很爱它们。有一天小猫从高处阳台上坠落,所幸身子轻盈,才不至摔伤。后来女孩在一棵树上发现了小猫,把它带回家去。

小狗也并非无灾无难。一次它不巧碰倒蜡烛,尽管女孩眼疾手快,及时用水扑灭火点,小狗的左耳朵还是烧成了黑色。右耳则安然无恙。小狗留下后遗症,走起路来一摇一摆,再不敢靠近火炉。

折纸姑娘和小狗、小猫幸福地生活在一起,无忧又无虑。

有一个小女孩,住在一个小城市里。她从小性格孤僻,任何时候都显得忧心忡忡。她的家人为了舒缓她的眉头,递给她一张彩纸,然后她便不可制止地爱上折纸。一张纸足以抹掉她的泪滴,也可以消除她的怒容。最好是 A4。

在女孩十八岁时候,她变成了一个喜欢折纸的孤僻少女。

生活里的繁多事物让女孩感到厌倦,她的朋友形容她"像纸片一样美好和稀薄"所以"不近人情"。事实上,她没有多少朋友。

她的折纸生动漂亮,但终究没有生命。

一个偶然的机会,女孩听闻折纸姑娘有一双神奇的手,决心拜访。她一路向北,坐火车,搭汽车,风餐露宿却不知疲倦。尽管如此,她并没有找到折纸姑娘。她明白,一个人决心把自己藏起来,是很难被找到的。

她旅行到一个大城市,突然想要停下来。为了不至于太过无聊,她开始读夜校,白天在饭馆打工。洗涤液和钢笔都让她的手变得粗糙,这使女孩非常困扰。于是过了一段时间,她再次离开,并在另一座城市停下。

她并没有放弃寻找折纸姑娘，只不过这种寻找是无意识的。

终于有一天，女孩从网上找到了折纸姑娘的所在——很幸运，正是这座城市。女孩徒步前往，在一栋大楼前停下。反光的无数窗口和喧闹的人群让她一瞬间明白了"迷宫"的含义，这栋大楼临近菜市场。

犹豫一下，女孩选择走楼梯，几乎出于刻意地忘掉走过的层数。然后她敲开那扇大门，折纸姑娘正在等待。

"你好，请您教我，怎么赋予折纸生命。"

姑娘微笑地引领女孩进门。女孩注意到，她的手非常柔软，她笑起来有皱纹。

"你先坐下，我给你倒杯水。"姑娘说。

女孩以为折纸姑娘没有听清自己的话，于是重复了一遍。

喵的一声猫叫，一只猫，真正的白猫，从房间里跑出来。姑娘把它抱在怀里，对女孩招手，让她坐下，说出那个她们都心知肚明的答案：

你知道的，它们只是折纸而已。

这次拜访就在这里结束。

很久之后，传闻有一个女孩擅长折纸。她住在某座城堡里，折出有生命的折纸，偶尔在淘宝上出售。

她一个人生活，无忧又无虑。

18. 梦旅人

从前有一个王子，不知自己身处何处，常常惘然若失。他的领土宽广,即使骑马七天七夜,也跑不出他的牧场。王子折返而回,并不是害怕迷失方向——无边无际的平原,不存在迷失,更不存在方向,他只是担心家中的宠物感到寂寞。

王子住在一座大而不当的城堡里。城堡里似乎只有他一个人,却有数不清的房间。有的房间里装饰着鹿角,有的却像爱斯基摩人的营地。幸好每个房间都有足够的食物和篝火,有时还有不同的小动物,给人家的感觉。王子从一个房间,游荡到另一个房间,在任意房间里度过或长或短的时间。有时候,他也会停下脚步,望着雕花窗外散不掉的薄雾。

忧愁像水滴一样附着在他心上。

在他的记忆里,一直有一个姑娘的身影时隐时现。她是一位真正的公主,像梦一样美好而纯洁。王子知道,只要找到她,他就能清楚自己是谁。王子即刻启程。他身披银色盔甲,头戴有彩色羽毛的头盔,背双手大剑一柄,配银质匕首一把,香料别在腰间。王子左手怀抱猫咪,出发——征途是下一个未知的房间。

有一次,他遇到一个女孩。

这是一个小姑娘。她蜷缩在床下,用枕头捂住脑袋。但枕头太小,捂住左边耳朵,又露出右边。一只黑色的怪鸟站在床前,这就是她恐惧的根源。王子拔出匕首,俯身向前。女孩露出的眼睛瞄到了这一幕,她尖叫起来。怪鸟扇动翅膀,王子被打飞出去,重重地撞在墙上。

盔甲和大剑起了很好的缓冲作用,短暂的晕眩之后,王子站立起来。他放下手中的猫咪,从背后拔出大剑,跳跃起来,这一次他成功了。怪鸟被劈成两半,然后化成灰烬。

"谢谢你啊。如果不是你，我真不知道应该怎么办。"女孩说。

王子没有掀起头盔。他沉默地擦净女孩的眼泪，又把猫咪递给她，以防她再次哭泣。他在房间里走动，铁片的摩擦声是房间里唯一的声音。然后他点起篝火，这个房间变成了一个明亮的房间。

"我该走了。"王子说。他是一位真正的王子。

"好的，再见。"女孩说话的时候视线还没有离开猫咪。女孩都是很容易忘记的生物。

王子来到下一个房间，这像是个酒馆。几个男人围着一张桌子推杯换盏，他们大声地说话，显得有些刻意，好像害怕不这样就会消失一样。王子注意到一个独眼男人不断地为别人敬酒，自己却只顾流泪。别的男人身上则伤痕累累，有的断了胳膊，有的失去了一只小腿。一个男人坐在角落，脖子上一道深红的血痕。

这是一群雇佣兵，也许是死掉的。王子悄悄拉上门出去。一个男人一定不愿意在自己哭泣和怀勉的时候被外人看到。

下一个房间则索然无味。一群贵族一样的男女举行着一场舞会，王子不耐烦地绕场一圈。有女子邀请他跳舞，他当然知道那不是他寻找的公主，于是婉言拒绝。尽管他也非常擅长跳舞和豪饮。贵族们邀请他留下，而王子执意要走，走时唯一带走的东西是一瓶威士忌。

他的旅途并不总是如此顺利。他曾经独战一只十米高的恶龙，也击败过独眼巨人。值得一说的是，巨人的战斗力一点不比恶龙差。他躲过了三个女妖的诱惑，从五个巫婆的房间里逃走，拒绝了十个女人的求婚（"那可比恶龙和巨人更加难以对付。"王子说），又斩杀了数不清的僵尸。他的盔甲和武器仍然光洁得像一面镜子。

但仍然没有公主的踪迹，这使他焦躁不安。

他见过各种各样的人，而且有越来越多的趋势，这些人都沉迷着某件事情而不自知，在城堡里自顾自地游走。一次，他来不及阻止一个男人坠河。过了几天，他又再次看到这个男人站在河边。这使他终于明白，这也许是一场梦。人们不自知是因为……谁能够在做梦的时候知道自己在做梦呢？而他能在人们的梦里穿梭。

他是一个梦旅人。

他是王子，他要到公主的梦里去。

于是王子继续上路。许多年后，他的名字被城堡里的人们传诵。在他们醒来后，有时仍然能记得些许王子的样子，知道这个人曾努力让自己的梦境甜美。

王子的消息就这样星星点点地传来，然后消失在薄雾里。

也许终于有一天，王子幡然醒悟，公主不过是自己一场漫长又不愿醒来的梦，又或者这一切根本是在被别人梦到。

也许有一天，王子脱下崭新的盔甲，掀起华美的头盔，借着它的反光，看到了自己衰老不堪的脸。然后他突然明白，爱情并不是生活的全部。他也可以在某一个未知的梦里永远地停下来。于是，就停下来。

19. 塞壬之歌

初显老态的尤利西斯，矗立在甲板之上。

巨船行至海妖海域，他命令船员原地抛锚。但茫茫的海面，没有一个岛屿可供依靠。妻子和儿子的面容，船员士兵的妻子和儿子的面容,无疑,抓挠着他的心。

"睿智的雅典娜,吾等该何去何从。"没有回应。

"强大的波塞冬,您竟如此狠心。"回答他的只有海浪拍打甲板的响声。

"为何我打赢了一场战争,却要受到如此的磨难。还是说我正在打着另一场战争,一场没有尽头,无望的战争。"尤利西斯并没有说出这句话。船员的士气已经非常低迷,这些话只会雪上加霜。

他必须快点做出决断。

水和食物都不够了。

远处传来海妖的歌声,隐隐约约。即便如此,已经够美了。在过去的许多年里,有无数的旅行者迷失在塞壬华美的歌声中。尤利西斯无法想象他们最后看到了怎样的景象。"但那一定很美。"他想。旅行者们驾驶着大船行向塞壬的海域,谁都知道那里布满暗礁,等待他们的是真正意义上的永远的迷失。

尤利西斯可以想象,在纯净的蓝色海洋下面,有多少骸骨沉睡。每当塞壬再次唱起,就立起身来跳舞,准备迎接新的兄弟姐妹。

还不是时候。

"现在还不是时候激动,我的心脏。"

他知道,旅行者中的一些人,他们似乎更加聪明。他们避开了塞壬的海域,掉头折返,或者去了更远的方向。他们真正活了下来。

"但我不能这样,我必须通过。"尤利西斯一声长叹,"那歌声如此美好,没有听过的人就不能算真正活着。是这歌声让生活不至于变成谬误。然而,还不是时候,我还有重要的事需要完成。"

"我想要那天上的星辰,也想要尘世的幸福。"

然后他终于下定决心,说出那个早已想出——并不是被他,是被所有过往的人类,想出的办法:把我困在桅杆上。把我们所有。

　　他们就这样出发,堵着耳朵,把自己的身体交给桅杆以保存最后一丝理智。他们听着塞壬的歌声越来越近,却只能在脑海里补全它的美好。尤利西斯在绳子里扭动着身体,绳索磨破他的皮肤他却一无所知,他并不是唯一这么做的人。然后,他听着那歌声渐渐离自己远去。

　　他的脸上露出微笑,因为他曾经和真理如此接近。他满脸泪水,因为他可能终身无法再达到。船桨划着水面,只有身上的血污能证明他们做过怎样的挣扎。

20. 写信的古代

　　有一个独居的男人,中年丧偶,生活寂寥。他的宅邸空荡而僻静,坐落在京城远郊。在妻子死前,这里曾经也有许多雕花和摆件,有许多阳光和美好。在她死后,男人酗酒,像幽灵一样整日整夜地在房间里游走,时常被繁杂的器物以及附着其上的过往记忆绊倒。于是索性把它们全部当掉,换回美酒,继续醉生梦死。

　　家具很快就被当光,然后是小物件。除妻子的遗物之外,全部用马车拖走。连床榻也变得不再必要,男人醉酒之后,在地板或院中枯叶上和衣入睡。

　　唯一提醒他时间流逝的,是每月送来的五担供奉。当仓房被篮筐摆满,自己也不再对运送供奉的小哥冷眼相对的时候,男人知道,有个女人真正地从他生命里消失了。

他戒了酒。

打开窗户，亲自拿起扫帚，将落叶扫至墙角。他购置物件，首先搬回的是一张檀木桌，一把木椅。做完这些，他气喘不止，趴在桌子上休息。他意识到，整个宅邸都是静谧的，这很好。但有一些生机，也很好。

第二天，他领回一只暹罗猫。

又一日，他收到一封信。信面素雅，白纸一张。男人认定这是一场恶作剧，把信仍在桌子上。然而入夜后，他又忍不住拿起这封信，久久端详。

"只当是用来抵御漫漫长夜。"他想，动手给信的主人回信。

信中，他不谈风月，也不谈天气。因为写今日晴空万里，等对方收到信，也许这里已经阴雨绵绵，这或多或少是一种欺骗。

他想谈自己的生平，谈亡妻和自己对亡妻的思念，又觉得不耻。于是他开始讲一个故事——这无疑更加委婉。

"男子与她在河边相识的时候，手中提着脏掉的衣物。男子家中贫困，无闲钱雇佣下人，所以只好自己捣衣。但他一介书生，手脚笨拙，几次把衣衫掉入水中，沾上不少污泥。到了这时候，只好尴尬一笑。抬起头来，正好瞧见她用袖子遮着脸，只看得见眼睛在笑……"

男人将信寄出，生活继续，心里有些萧索。他每日逗猫取乐，也渐渐写一些公文折子，终于等来了回信。

"然后呢？"信中写道。这正是他所需要的。

"她帮男子捣衣，之后的事则顺理成章。起初，他把诗句提在秋叶上：手如柔荑。肤如凝脂。颈如蝤蛴。齿如瓠犀。螓首蛾眉。之后，他在她闺房下扮鸟鸣，引她对答。然后很快，他们终于可以直接相见,执手相见泪眼,竟话不停歇。

"然后男子家贫,女子的父母自然极力拆散他们。无奈,男子进京赶考——他本就要去,这件事使他的计划提前了。他渴望考取功名,衣锦还乡,骑着高头大马迎娶女子。

"实际上,他几乎做到了。喜讯传来的时候,女子正在闺房之中,手拿他送的秋叶,一惊,把叶子撕碎了。"

写到这里,男人产生了一丝疑虑。女子是否应随男子进京,如果进京,会不会直见男子可能的变心,或是遭遇种种黑暗。也许女子应该留在乡村中,和一个门当户对的男人结婚,这样她就能避开将来的灾祸。这无疑是又一次机会。

他没有写下去,就在这里停笔。还好,信件寄出后还有一些时日才能得到回应,他有足够的时间考虑。

但这次的回信比他想象得更快。

"然后呢?"他这才注意到字迹清秀,是女人。

只好写下去。

"男子的马车只比消息晚到了一天。女子站在窗口,看三辆马车碾压路面上的石子,车前是骑着白马的他,觉得阳光明媚,幸福万分。

"她选择和男子一起走,这是她的选择。

"男子在朝中当官,官位不高,但生活不忧。他们在郊外购置一座宅院。宅子对两个人来说,有些大了。他提议招一些下人,被她否决。她不喜欢生人。权衡许久,只招了一个小丫鬟,赐名春分。

"女子不爱出门走动,对她来说,京城也有些大了。'城中有许多人贩。'她这样吓唬春分。女子的世界就在宅邸里。她今日买来两只鸟雀，明日搬来一盆花草，又做了很多女红，立了许多雕花摆设，甚至还在院子里种下一棵树苗。俨然要把这里变成一个乐园净土。

"次年，女子怀孕。"

就在这里停笔，男人告诉自己，应该在这停下了。男子和女子幸福地在一起，直到子孙满堂也不分开，她会在故事里永远地活下去。尽管这个故事会无可避免地走向庸俗。

"然后呢?"他心里的声音在问。

于是他颤抖地捡起纸笔，看了一眼院中两人高的枫树，痛苦地写下去。

"女子怀孕之后，男子自然非常高兴，日日在旁服侍。春分还是个孩子，在宅中兴奋地跑动，'夫人，老爷，小宝宝'的直叫，好像一只小猫。然后她突然意识到这会惊扰夫人和那孩子，便又蹑手蹑脚，显得更像小猫。

"这样过了些日子。男子公务繁忙，很快负担不住。他再次提议多招几个下人，再次被女子拒绝。男子第一次觉得女子有些任性。

"男子只好每日照旧。

"有一天男子归家晚了些，女子便哭个不停。

"之后几日，男子仍然很晚归家。女子嘴上不说，心中却起疑，于是派春分暗中跟着男子。如此几次，终于探明，男子是与同僚去了烟柳巷。

"女子隐忍不发，男子却越加过分。终于，女子叫春分与男子对峙。男子知道女子派人打探自己，大怒，拂袖而去，干脆住在花魁房中,再不回家。

"女子整日泪水涟涟,春分则想着为女主人报仇。

又过了几月,女子临盆。"

他脸上泛起笑容,一点没有意识到自己在流泪。他写得愈发简单,心里很平静。

"女子临盆当晚,暴雨倾盆,伸手不见五指。男子还在青楼。春分听着女子痛苦的呻吟,终于耐不住,撑着纸伞去寻找男子。刚一出门,纸伞就被吹散。她一头扎进黑暗的雨夜之中。

"她没有找到男子,也没有回来。

"也许事情是有预兆的,男子感到心中不安,连夜返回。他叫着女子的小名,听到的是婴儿的哭泣声。

"等他推开房门,母子都刚刚断气。

"又过了些时日,烟柳巷来了一位新的花魁,芳名春分。"

故事在这里结束,男人觉得此刻才是真正的安宁。他什么都已得到,什么都不怕了。

信件寄出,一去不返。

21. 寒冬夜行人

在蒸汽男孩的国度,蒸汽所代表着的,除了生命本身之外,还包括活力、勇气和热情。当然主要还是勇气。这是蒸汽爷爷传授给男孩的最重要的也是唯一的知识。"记住这一点就对了。"他说,"总之不要离开蒸汽机。"他的身体是一台多胀式蒸汽机,不太需要补水那种,这直接造成了他的言简意赅。这种机器常常被安装在轮船上,他去过世界上很多地方，他说得话总是很有道理。"今天就到这儿，我有点过热，需要休息一下。"爷爷这样结束今天的故事时间。

蒸汽男孩是在一台旋转式蒸汽机中产生的，这是一种比较新的机型，理应前途无量——假若内燃机不代替蒸汽机的话。自从有了内燃机或者别的什么机之后，蒸汽机就不再被安装在火车轮船上了。蒸汽之国的国民一辈子飘在某个煤炉房的上空，靠怀勉度日。这也是蒸汽男孩爱听故事的原因，他还很年轻，不知道什么是"沉重"，尽管爷爷告诉过他沉重等于你不再想向上浮，但蒸汽怎么可能不向上浮呢？除掉这些烂道理，蒸汽男孩还是喜欢听爷爷讲故事，用他的话说，那让他"很有压力"。"压力"在蒸汽之国是个好得不能再好的词。

今天的故事讲完了，该回家了。蒸汽男孩闭上眼睛，过了很久，还是忍不住说："爷爷，我还是做不到假装你不在。"他的左边是一团蒸汽，蒸汽中传来一个声音："那你就再努力假装一下。"声音渐渐变小，很快消失在空气里。男孩和爷爷并排漂浮着，因为两台蒸汽机被摆放在一起，他们哪都去不了。现在爷爷已经变成了没有形状的雾气。他通过降低自己的温度，化成低温的蒸汽，意识便会陷入模糊，这就是所谓睡眠。男孩从来学不会睡眠，只好一个人望天。"明早见。"爷爷说，很难分辨是不是梦话。

"在我'稀薄'的一生里，遇见蒸汽男孩是件很有'压力'的事。其实我早看出来他是一个胸怀压力的人。"后来蒸汽爷爷在回忆录中这样写，尽管他的回忆录很快随风飘散，他还是感到自豪，"你们不觉得'稀薄'这个词用得很酷吗？"

蒸汽男孩梦想着去看外面的世界，机会很快送上门来。一家公司要铺设一段铁路,同时需要的是一辆蒸汽火车。这意味着蒸汽男孩会被装载在火车上。他终于可以换一片天空,他有些过热,只想到这些。蒸汽男孩和爷爷进行了一次真正的告别。"等你回来,我再给你讲故事。"爷爷说,但很快他意识到了问题,"不对,等你回来,你来给我讲故事。"

蒸汽男孩用一个响笛应答,然后被熄了火。

等他醒来,他已经被安装在火车上。蒸汽男孩高兴地开动,沿着铁轨向前。无疑,他看到的是新鲜的风景,平静的湖泊,绿色树林。崭新的铁轨一直向前,枕木滋滋作响。他就是火车,轰隆轰隆,轰隆隆,钻进迷雾中。

他如此的年轻。

起初,风景好像永远看不厌。

蒸汽男孩每日如此奔跑,试图把所有东西记下来。但很快他就为此后悔,因为,如果不去记忆的话,他也许就不会发现自己一直在原地打转。

这是一个蒸汽火车主题公园,沿着人造湖铺设的铁轨,正好是个椭圆。蒸汽男孩其实哪都没去。"我就知道没那么简单。"蒸汽男孩说道,他"冷静"下来。火车停靠在半路上,人们从打开的车厢门中抱怨着下车,向公园出口处步行。"它好像坏掉了哎。"一个小男孩指着车头说。

修理工来了几次,看不出问题在哪,于是定论蒸汽机本来就是不可靠的东西。其实蒸汽男孩并没有坏,只是感到伤心,或者说,沉重。只有司机老头一个人相信他没有坏,仍旧给他烧煤,反复地想要启动他。蒸汽男孩想也许自己不该如此的小心眼,哪怕是为了司机老头。所以有一天他无可奈何地重新启动,假装什么都没发生过,继续在公园里玩开火车的游戏。只不过速度慢了不少,那种感觉就像是散步。

他仍然会跑,在夜深人静之后,默不作声地带动火车跑,好像水面上滑行的船。偶尔有夜行人从公园里借道,意外看到这一幕。于是就有了蒸汽火车夜里自己开动的恐怖传闻。有一次,一个姑娘在公园里遭遇歹徒。幸好不知从哪传来的响笛声,吓走了他们。又有一次一个小伙子趴在车厢上痛哭。人们习惯这个庞然大物连带公园本身,但世界上新奇玩意越来越多,这里很快就糟到废弃。

在这个不合时宜的时候,蒸汽男孩却爱上了一个人类女孩。

其实这早有预兆,她曾经坐过他的火车,后来又每日从公园里路过。那天蒸汽男孩救了她,而她以为火车驾驶室里有人,甚至可能幻想那是个少年,所以心安理得。火车跟着她缓缓地向前,在临近公园出口停下,呜的长鸣一声。

那是冬夜,行人稀少,路灯昏暗。蒸汽男孩从女孩的倾诉中得知她是一名附近学校的学生,下晚自习后从这里借道回家,但他无法给出自己也是学生的答案。实际上,他回应的只是几声汽笛。他有时陪女孩一起慢行。有时则在公园里狂奔,让她能看到大团的蒸汽。毕竟,爷爷说过,蒸汽所代表着的是勇气。

如果不是太过寂寞,没有人会对着一辆火车倾诉,何况期待中的男孩始终没有打开车门。有一天女孩说道再过些时候便要离开,理由不过是理所当然的:外面的世界。她要出门远行,这在她的性格中也早有显现,否则,她怎么会如此热爱火车和关于火车的隐喻。

蒸汽男孩还来不及感到伤心,司机老头就带来另一个消息。火车停用——没有人再愿意为他的"远行"支付金钱,蒸汽机会被送回原处。司机老头拍拍驾驶台,拉响也许是最后一声汽笛。尽管如此,蒸汽男孩还是注意到了他流下的眼泪,滴落在锅炉上,变成一小团蒸汽。这让蒸汽男孩下定了决心。

在蒸汽机将被送回的前夜,它彻底地变成了机器。蒸汽男孩的灵魂第一次脱离了蒸汽机,当然这也是他第一次不听爷爷的教诲,他隐约觉得,这也算是一种远行。他离开蒸汽机,降低自己的温度,代价则是意识变得模糊,或者几乎没有意识。

冬夜里,每个路过公园的行人都会心生温暖。这并不是心理作用,蒸汽男孩在最后将自己的灵魂打散。从此之后,每一口行人呵出的雾气中,都有蒸汽男孩的笑容,如果在路灯下呵气,就会尤为明显。

雾气男孩保佑着每一个夜行的人,给予他们远行的"勇气"。在冬天结束之前,他都能以这样的形式和她在一起。

22. 无用才华

A是一名普通司机,兴趣爱好是打乒乓球和弹吉他,但真正擅长的还是开快车。"不过,真想打一次乒乓球或者弹一首卡农啊。"A这样想,因为车载音响里正在播放卡农。这是一个风和日丽并且风平浪静的星期天早上,A第七次提醒自己不要睡着,因为,"拜托,你开得可是460马的奥迪A8。"

时速到达 200 km/h,A打了一个哈欠,吐出的热气在头盔里把他的脸弄得黏黏的。有点口臭,或许。

尽管如此散漫,A还是保持着第二名的位次,第一名也还在肉眼可见的前方。再下两个弯道就可以超过它,假若操作不出现失误,还可以试着刷新一下记录(那是由A在两天前自己创下的)。这条公路他跑过无数次,他身后的六辆车也是一样。

　　A做过最风光的事莫过于超速驾驶。超速并且招来五六辆警车。A撞翻了其中的三辆,把另一辆撞下了悬崖。值得一提的是,整个过程中他的车速都保持在 150 km∕h 以上。那次他开的是迈巴赫 62S,无疑是好车一辆。A非常尽兴。直到后来警察出动直升机,A才迫不得已地结束这场游戏。

　　车载音响跳到《天空之城》。A喜欢在比赛时候听安静点地音乐,虽说他也知道自己品位不甚高。A深吸一口气,湿润的气息再次弄得他脸庞痒痒的。他握一握方向盘,第一个弯道就要到了。

　　方向盘向右打满,油门松开,刹车踩一半。"你可以的。"A对那个迟钝的上帝喊道。过了无数次弯道,他还是会感到心脏一紧,停跳一拍。A好像能听到马达的轰鸣以及轮胎嘶叫的声音。车窗外的颜色飞快向后退,车内的时间却缓慢了,停滞了。回过神来,弯道刚过,A呼出那口气,手握得有点疼痛。但和第一名的距离又近了一些。A突然又想打乒乓球了,他委屈地想自己还没打过乒乓球呢。

　　对于一个车手来说,那是无用才华吧。

　　"加油! 赛车手!"A说,跑完这一圈。虽然跑完了还有下一圈,还要和其他七个讨人厌的车手再比一次。真是没劲透了,好在下一个弯道就在前面。

　　"顺便一提,我还开过卡车哦。"A想道。

入弯,好的,时速150,方向盘向左打满,再来一次……但这次失控了,他几乎能听到什么东西在断裂,像是……像是流水干涸……奥迪A8像一只黑熊一样向路障撞去。A从后视镜瞄见有一个车手正在逼近。"可惜了,一辆好车。"A首先这样想,"又得重新来过。"然后他这样想。

A当然知道,自己不过生活在一款名叫《极品飞车》的赛车游戏里。

又不巧碰见了手潮的玩家。

23. 麦克斯韦门

有一年世界上发大水,许多人都淹死了。没有淹死的,就都聚到最高的山上。身强体壮的,都要去到高的地方以保平安,小孩女人以及体弱的,则留在山腰上,日日忧心那水淹上来。

山顶上寒冷,草木稀少,更不宜养殖,只有数不清的石头。山腰上则土地肥沃,动物遍地。高地人就要从山上下来,抢走低地人的粮食、皮毛和木材。带走一些女人和壮丁,带不走的,按比例赶走,但并不杀掉。长此以往,高地人越发的强壮富饶,地低人越发的软弱贫穷。

起初,有一个低地人,私藏起一些收成,又锻炼身体,修习武术。在他认为机会成熟,自己已经足够强大的时候,他站出来号召低地人反抗。于是下一次高地人下山收割时,他挡在了粮仓前面。"从我的身上踏过去。"他喊道。高地人却出乎意料的强大。在击倒两个高地人之后,他也倒地不起。他身后的低地人一哄而散。绝望之

051

际,高地人却没有赶走他,而是将他抬回山顶,治愈并接纳了他。从此之后,低地上仍有人偷练身体,但只为有朝一日成为高地人的一员。

同一时期,高地人饱食终日。其中一个高地人长期受人供养,不事劳作(哪怕是抢夺),身体越来越差。一日,另一个高地人想要取代他,于是就取代了他。他没有丝毫反抗能力,理所应当地被打败,被赶下山去,成为低地人。

新成为高地人的,名叫麦克。被赶下山的,名叫斯韦。

斯韦来到低地,首先见到的是丰饶的水稻田。"这些都会是我们的。"他这样想,但很快反应过来自己已经被逐出高地,一时间五感交集。他坐在地上,痛苦地垂着头。一个女人看见他没有劳作,走过来问他:"您在苦恼什么。"别的低地人可都在劳作。"我在想,这些很快就不是我们的了。"斯韦说。

"没关系,世事如此。"女人微笑道。

斯韦擦擦脸,擦掉想象中的眼泪,站起身来说:"这些都会是我们的。"

他开始锻炼身体。

在高地,麦克养好伤后,仍然卧床不起。因低地人对他的心重重一击,他对低地人感到绝望。每日都有人负责给他送来吃食,间或有高地人小头目探望他,希望他的英勇善战能给高地人带来好处。就这样过了两个星期,对低地人的期望连带失望一起,被藏在肉里。麦克心的伤也好了。

"我仰慕你们的强大。"麦克跪在高地王面前。

这时高地王似乎并未意料到面前的人终将取代自己。

时间过去一年,麦克成为了新的高地王。他做的第一件事就打破了以往规矩,他没有赶走旧高地王,仍让他留在高地,受人供养。麦克说:"这叫知遇之恩。"同时麦克也没有停止使自己变强,他明白,这里充满混乱与竞争。

斯韦是低地的领袖。他身材恢复健美,甚至比以前更加完美了,他的脸上浮现出慈祥和刚毅的神情。低地人无比崇拜他,这使他感到满意。唯一让他忌惮的是高地人的掠夺,所以他训练低地人成为士兵。身体很容易训练,对高地人的恐惧和低地人本身的奴性反成了最大的困难,好在斯韦用另一种东西:献身精神,代替了它们。这并不难,因为,凡是斯韦同意的,没有人想要反对。

接下来只缺一战。

高地军和低地军在唯一的一条通路上开战。高地军和低地军在体力上几乎不相上下,在精神力上,高地军拥有强烈的个人主义精神和好战情绪,低地军则充满了献身精神和荣誉感。大战之后,双方死伤惨重。

麦克知道,低地军无疑补给更加充足,考虑到这一点,久战不是办法。斯韦明白,高地军士兵更加精锐,考虑到这一点,强攻只会吃亏。于是谈判便成为了可行的方案。

夜半,两军统帅在山腰见面。

麦克和斯韦未曾谋面,但都听过彼此的故事。所以两人见面,先是一愣,然后感到有种莫名其妙的尴尬。

麦克说:"我们可以和你们和解。"

斯韦说:"我们也是。"

两人沉默一会,又是一阵尴尬。于是两人同时决定放弃掉"我们"的称呼,以免双方不知指谁或忆起往事。

麦克说:"高地人可以和低地人和解。"

斯韦说:"低地人也恰好这么认为。"

说完,两人仰着头,各自回营。

双方约定:第一,在高地和低地之间唯一的通道上,建一道大门,用"麦克斯韦"命名。未经允许,高地人不得踏入低地,低地人不得前往高地。第二,低地定期定量运给高地食物,高地则用金属和石料交换。第三,强壮的人通过考核可前往高地,衰老的人也可在低地养老。

当然,这些条例都是私下订制的。对于普通人来说,就是不用打仗了。

后来的人,把这个和谐的时期称为稳定期。相应的,之前的便是混乱期。

这样的状态保持了一年。

有一天,天降大雨,连续数星期,水位上涨,把低地淹了小半。庄稼歉收,生计再次成为问题。这时低地人自身难保,更不提拿出粮食和高地人交换。所有人都能想到接下来会发生什么。低地人环顾四周,没有找到一个壮士,更加关键的是,他们的领袖斯韦,也身处高地。

另一个消息更让人们吃惊。麦克和斯韦私定条款,高地给低地的金属,斯韦私藏起来,给自己亲信制造武器。低地给高地的粮食,麦克也扣取了部分,供养了一支私人军队。这个消息如何传出来,始终是个谜。

这并不妨碍所有人群情激奋。夜间,一场刺杀同时在高地与低地发生。他们冲进麦克和斯韦的家,第一时间杀死了他们,然后几乎是迫不及待地开始了战争。

短暂的战争之后,高地人仍然负责奴役,低地人继续被奴役,就像大家都熟悉的那样。这里进入了下一个混乱期。

正如祖母所说:"世事如此。"

24. 面包仙

亲爱的姑娘,你说你又饿了。不用急着感到羞愧,因为我也是的。好在你怎么吃都不会胖,就像我怎么吃都很瘦一样。这么说来我们真是有太多共同点。现在,为了让饭前的等待时间不显得那么漫长,容我给你讲一个故事:从前有一个胃口甚好的姑娘,生活幸福,令人羡慕。

姑娘和两只猫住在不大的房间里。一开始的时候,其实只有姑娘一个人。因为她太能吃东西,家里的钱都被她吃光了,所以只好住不大的房子,一个人。两只猫咪来是稍后的事情。

不吃东西的时候,姑娘除了喊饿,就是窝在床上玩电脑,或者在沙发上看电视或者画画,总之是干不了正事。这样一来,生活就愈发的艰难。终于有一天她的邻居看不过眼。一个少年,敲开姑娘的大门。

"请问,我能帮你什么吗?"少年问,显得有些不好意思。

"啊呀,不用的啊。"姑娘挡住门,不放少年进来。少年只好在门缝里看一眼,然后悻悻地走掉。

姑娘最烦的事情之一就是整理房间。当然主要还是要怨她自己经常饿,她想吃东西的时候就只想吃东西,什么别的事也做不了。在姑娘的房间里,衣服和物件,以及画,鳞次栉比高低不一,乃至琳琅满目。到了夜里还会发出微弱的闪光,很是好看,那是她在画里加了荧光的颜料。姑娘就在这里的房间里想心事,侧卧在沙发上。外人来这里就像进入一座迷宫,稍有不慎就会踏入陷阱或者迷失。

姑娘另一件最烦的事情就是别人踏入她的迷宫。

不过邻居的少年倒不是很讨厌。

偶尔,姑娘也要出去赚钱养家。她想到一句话,一人吃饱,全家不饿。然后又忧伤地想,可是这个人胃口真的好大。所以她最大的愿望就是能有吃不完的东西。姑娘把这当做自己的理想,奋斗不止,时不时还要给同事宣扬,好像道姑布道一样。

有一天,这个愿望真的实现了。

姑娘没想到如此容易,起初有些不相信。她就是抱着这样怀疑的态度审视眼前的面包的。这是一个方形的面包,边角带点圆弧,所以又有那么一点可爱。面包有橄榄球大小,摸起来硬邦邦,好像真的能当橄榄球打一样。她把面包切开来,里面是肉松和海苔,接下来快要溢出来的还有葡萄干和黄瓜,再等下去,不知道还会出现什么。姑娘很高兴,心想这一切真是棒极了。

姑娘吃了一片,味道不错,于是就再来一片。这时候外面一声猫叫,一只白色小猫隔着窗户向里看,姑娘知道主要是看面包。她打开窗户,把小猫引进来,和小猫一起分享面包。因为,不允许人进入的迷宫,是允许小猫进的。

第二天,姑娘一觉起来,果不其然,面包摆在桌子上。昨天切掉的部分,现在又长了出来。姑娘早有预感,一点也不吃惊,也便不会感到不安。她高高兴兴地吃完早餐,觉得缺点什么,环顾四周,才发现昨天的小猫不见了。当然她不是那种对什么都依赖的人,但一个人的早餐,多少有点寂寞,有点好东西不能分享的感觉。好在小猫一会就回来了,窗户开着,它领回来另一只小猫。黄色,带斑点。

此后每日,都有新的面包"长"出来,姑娘和两只小猫饱食终日,感到幸福。她想这必定是神仙赐予,不如就叫它面包仙。事情就这么定了。

姑娘更加不愿出门,她想永远这么不出门。又过了些时日,一天早上,姑娘睁开眼睛,发现面包仙没有出现。她知道,这一刻终于到来。面包仙被邪恶的邻居偷走了。除此之外,再无其他可能。姑娘想,神仙赐予的东西,一般不会收回,因为神仙都很懒(像她一样),如果要收回,就不会赐予。

为面包仙的失踪感到不安的除了姑娘之外,还有两只猫。白猫喵喵叫,黄猫皱眉思索。姑娘想找回面包仙,却不知如何下手,因为邻居那么多,她一个都不想也不敢拜访。眼见日落,姑娘和猫咪吃掉冰箱里的水果,还是感到腹中饥饿,一种弹尽粮绝的悲壮感油然而生。

怀着这样的心思,姑娘睡下。这时候房间里没有灯光,小猫的眼睛闪着光,神情复杂,好像心怀鬼胎或者想好了离开。姑娘感到自己有些可怜,迷迷糊糊地睡着了。

第二日,白猫不在房间里。姑娘的窗户从来不关。黄猫还在,站在窗口上向外张望。姑娘跟过去一起望,看到了旁边的阳台。白猫喵的一声,从那边房间里走出来,在阳台上舒展身体,走了几步,不看她和黄猫一眼。

姑娘敲响对面的房门。少年一脸惊异地打开门，但看到姑娘怒气冲冲，也不敢多问，慌忙让开路来。"我来找我的猫。把门关上，别让它跑了。"姑娘说完冲向阳台，几分钟后抓回了还在挣扎的胖胖的白猫，而少年还站在门口发愣。

"可是，这是我的猫啊。"少年怯怯地说。

"我管你啊。"姑娘说。

说完，才反应过来。她赶忙抚平头发，露出一个淑女的笑容。"原来它是你的猫啊。"姑娘重复了一遍，简直想要夺门而出。

这时候她看到，在少年身后的桌子上，面包仙在那。顿时又怒又急的情绪再次出现，但还要极力克制，就说："但面包仙是我的。"然后放开手里的猫，抱着面包仙向回走。走前凶狠地瞪了少年一眼，就是那种戳着胸口说"你你你你"的眼神。少年只好一直赔笑，并承诺改日帮她整理房间并将自己桌子上的面包机也拱手相送。姑娘进门之后，少年还站在门口望了很久很久。

姑娘打败邪恶的邻居（其实是吓退的），夺回了面包仙，从此过上了富足平和的生活。她住在迷宫一样的房间，或者说房间一样的迷宫里，和一只黄猫生活，后来白猫回心转意，姑娘才勉为其难地接受它。偷走面包仙的少年，每周一次来帮姑娘打扫房间，是为赎罪，长此以往，姑娘也勉为其难地接受了他。

好了，亲爱的姑娘，故事讲完，饭正好做好，这一顿我们吃烤面包。

相信我，我的手艺和面包仙一样的好。

假爱之名

李林在旁边捅我胳膊。"你又怎么了。"他皱着眉头看我。我低头练字。"又怎么了呢。"我怎么知道又怎么了。

写"永"。"永"字头上一点，接着是一横、一竖、一提。这些你我都很清楚。在提的地方发力，会画出向上的墨迹。最后，再补上撇捺两笔。眼睛再贴近一些，能看到纸的凹凸不平，浅黄色，未搅碎的木屑。这种纸与印刷纸不同，它的粗糙显得无序和散乱。一个"永"字写在第一行，空下两格。端端正正而又不那么死板。我想再写一个，试了几次都没成功。

"你又怎么了。"李林问我。我尖着嗓子告诉他很好。墙面抖落下的石灰，我取来，递给李林，"无聊的话，玩这个。"他把石灰拿在手上观察。"还成吧。"他用钢尺在桌子上摩擦它，像在磨沙子。我没看见，但摩擦声还是扰乱了我心思。"挺好玩的。"李林笑道。我没抬头。

坐在窗口处是个错误的选择，风从脖子上吹过的时候其实很冷。"把窗子关上。"外面走廊旁有一排树，品种并不清楚。最大那棵，就是最前面的，它年年开花，据说开多少花就能考走多少学生。我看见三两个女生结伴而行。橘黄衣服的女生躲到了大树后，装着扣动树皮，但前面的人只管往前走。"窗子关上，快啊。"李林说。

心名就是这时候到来的。我很清楚她将来到——她蹦蹦跳跳，声音也很大。她站在李林身边，我周围。我还要练字，我打定了主意，她不叫我，我便不去看她。

有一次我和李林约好在学校操场打羽毛球。只打了一会,李林闹着要去买水。我不好意思和女生混,只好把拍子让出来,看着她们玩。

那天的天气不太好。出于某种特殊的习惯,我对印象深刻的日子的天气格外敏感。操场上灰尘很大。刚才看我和李林打球的女生现在玩得开心不已。我想打会儿篮球,但没人陪我,想了想到底站着没动。

心名认识我左边的那个女生。心名,我听女生这么叫。她对那个女生招招手,走过来和我一起看球。十分钟过后她先和我搭话。

"打得好烂啊。"她小声说。

"我也觉得,好像有一点。"

"你怎么不打呢?"

"恐怕不会好到哪去。"我说道,看她没笑,又说,"我打累了。"

她表示理解。

"你在七班?"

"是,你怎么知道。"

"是在我们班隔壁。经常见你。"

"这样。"

突然间我们都不知道说什么了,主要是我,心思一团糟。

"你看那个球又飞了。"过了一会,她摇摇头说。

"哪一个?"我问。

"总共就一个球。"

"你在玩脑筋急转弯。"

"又飞了。"

数次把球打飞的女生开始耍赖。大家都觉得有点无趣。我对女生们说："我还有事要做,先走了。拍子。"她们点点头。"交给李林就好,他很快来。"我把话说完,转身就走。鞋底与沙子摩擦响个没完。心名与我告别,她没有跟来。

我站在阳台上等李林。想不明白羽毛球哪里有趣,心名何以如此专注。转念又想想,分明是我太没趣了。大约三十分钟后李林才拿着拍子回来。他拍拍我的肩膀说:"今天玩得真开心。"我笑笑,"还好。""认识一个女生。给我还拍子来着。""哪一个?""就一个。叫心名。"我问他,"叫什么?"

"心名。姓不知道,就叫心名。"

在我们这所学校里,孔庙及孔庙后的书苑是唯一的清凉之所。在这里,学校,有始终湿漉漉的走廊;道旁树;只能照出你半个身子的镜子和爬不完的楼梯。我们每天从走廊经过,最后走上楼梯,长此以往,把道旁的景物全忘了。所以自然,很少有人去的地方反而更让人印象深刻,成为了记忆里的亮点,清凉之所,就比如孔庙。

我喜欢孔庙,偶尔会到书苑里翻翻书。翻的书杂七杂八,不过大多是当月的杂志。有时候我看得很专注,但更多时候只是为了不至于太过难看,把书摊在桌子上,自己想些事儿——我总在怀念已经发生的事件,因为它既然已经发生当然就变得真实,而真实的东西都很迷人。除此之外,我所想的所谓事儿,就无非是些提不起的小情绪了。

星期二放学之后我选择在书苑看书。一本名叫《东方奇观》的书写得很有趣,是本小说集。我最喜欢它里面《王佛脱险记》一篇,作者的想象力很是让我折服。那天我正看着入神,听到木门咯吱咯吱地响。一抬头,目光正好被心名逮了个正着。她浅浅地笑了一下。

我又待了会,终于决定走了。走过走廊、道旁树、镜子和楼梯。初春的天气变得慢慢温暖起来,枝头也有了盘旋的鸟儿。路上有别人笑着给我打招呼,我若有若无地点点头。我在想刚才的事。在我印象中,心名一直习惯那样低着头无声地一笑,就过去。

印象中,从三月起雨水会日渐增多。

李林和我相像的地方还有,无聊的时候他也爱站在阳台上。阳台离教室近,出门就到。空气清新,视野又不错。没有理由不喜欢的。实际上,大部分人都喜欢。不过我还是觉得李林与我选择阳台是出于另外一种共同的理由。做朋友,总得有些共同的地方吧。

李林与心名的事我是从别人那得知的,李林没有告诉我。这是他们相识两个月后的事,我试着想象它:这一天李林早早地醒来,坐着,看着窗户发呆,不知道在想什么。之后他像下定决心似的下床,洗梳穿戴,把门打开。在穿鞋的时候才发现拖鞋只有一只。他必定是满心喜悦地下楼,从黑色垃圾袋、纸箱子、旧冰箱和嘈杂声中轻巧地穿过。而心名正在楼道的出口等待。

这一天心名坐在李林的后座上。街上的车辆不多,偶尔才能听到一两声鸣笛声。李林把自行车骑得很慢。比缓慢更缓慢,是这条路太长。树叶在他们头顶上遮蔽了阳光。风从心名脸颊边滑过。小花裙轻轻飞舞。

火车的鸣笛声由远至近，接着隆隆声覆盖住它，复而又衬托出它。鸣笛声远了。

李林和心名是在众人的注视下出现的。是心名先跳下车，李林皱着眉头看她。心名脸上的雀斑无疑会让他觉得很亲切。心名对李林说了些什么，他不笑了。他下车，把车子停住，但不稳又倒下了，他没有再扶。他与心名面对面站着。

我站在阳台上，耳边是嬉笑声。李林与她面对面。然后，我看见李林蹲在地上，伤心地哭泣。

心名推李林。李林拍拍我说，"心名来了你怎么都没反应。"我怎么没有反应。我把笔停住，看着心名，觉得嗓子口很干。幸好她没有追问，幸好她没有发现我走神。我把笔盖盖好，准备和他们长聊。但他们笑着出门了。"我们先去吃饭。"他们喊道。

喝口水，然后把笔盖再次打开。他们走后寒冷竟来得更加猛烈。心名明明没有叫我啊，为什么我要抬头看她。我推开本子，纸上的字从第一个开始就歪歪斜斜。现在呢，也许我该用发呆来抵抗寒冷，要么就又得写"永"字。

但仍然没有办法，一点办法也没有。关上窗户并不意味着不冷，同样，打开它也不意味着一定比现在更冷。我索性把东西都塞到桌兜里，打开门，想象自己是李林。夜色蔓延，我想起了一个夜晚，继而想起了许许多多与之相似单独一人的夜晚，于是愈发的像在走神。

我把沿途的灯都打开了，这样走完二楼。我甚至哼起了小曲，没有什么调子的即兴之作。我蹦蹦跳跳，是像猫一样的跳。没有声音。等我累了，停住，才能听见细小的响动。它从拐角处传来，像是女生哭泣的尾音，又像是舌头顶住上颌，松弛，复又绷紧发出的黏稠的声音。这声音甜蜜而柔软，也许是细语，也许是眼泪破碎。再走近一些，声音更加清晰地回荡，一圈一圈地把我抱紧，如同情人把情人拥入怀里，如同他把她，李林把心名拥入怀里。

他在向她告别。

他在向你告别，心名，在你向他告别使他哭泣不止的三天后，他在向你告别。你要离开的消息如此突然。在此之前的事，竟是一刀切下般干脆的断绝。

恐怕你不会记得，同样是在三天前，你坐在我的后排。那天的天气不好，阴阴沉沉像我们相识的时候。你低着头练字，"永"字或者别的什么，偶然和我说话。我不知道该如何说起。这时候太阳露了个头，阳光在你的刘海、发角、脖颈上点点滴滴地跳跃，你在笑。你发现我在看你。

"怎么了呢?"
"没，没什么。"

亲爱的，别生气

"亲爱的,别生气。"话刚出口,他就意识到这样说有多无力,所以几乎不由自主,他补上一句,"我知道我错了。"

女孩没有看到他的努力,扭着头不说话。

"我真的,真的,知道错了。下不为例,好吗? 亲爱的,你知道……我绝对不是有意的。"

"不,是我的不对。"

"是我错了,真的是我错。我一定不了,事实上我现在非常后悔。"他适时搂住女孩的腰,但女孩挣脱了。

"你上次也是这样说。"女孩闷声说道。

他觉察到了情况的改善,赶忙说:"那么这就是最后一次,你知道我是爱你的。"

女孩虽然仍不肯回过头看他,但至少声音又柔和了一分。她问:"你做错了什么?"

男孩略微沉默,回想上周的事。他不过是在酒吧里和一个女孩打情骂俏——只是说话而已,说话,这时候他的女朋友正好推门进来,一眼就在人群里瞧见了他。之后的事自然不必言说。他还没质问她为什么去那种成人酒吧呢,她凭什么让他在那么多人面前丢脸。

"我不该招蜂引蝶。"

"哦。"

"我不该偏偏找那个女孩。"男孩无奈地说。

这种情况反复出现,他找别的女孩,被她发现,接着她和他争吵,接着她原谅他。这使他开始怀疑,是否她也会做同样的事情,只是未被发现。

"你怎么会看上一个康斯坦星女人?你的品位一定出了问题。"女孩突然想到什么,没有再说下去。

我不也看上你了吗,男孩心想,真没劲。他开口提醒道:"别这么说,你涉嫌星域歧视。"

"涉嫌?别用你们星系的语气和我说话。"

"好了,我不想再谈下去。我们的谈话就此结束,好吗?结束。"

但男孩说完这句话,并没有如女孩想象那般站起身来,扭头走掉。他还坐在那里,搂着女孩。透过薄薄的衣物,他可以感受到她的肩膀绷得紧紧的。一个声音在他心里说道:毕竟她现在在你身边,于是他叹息,手轻柔地摩擦女孩的肩膀,感受着她在他手心下一点点松弛。然后他解开她的衬衣,将手掌放在她的肚子上。

"我们该好好谈谈。"

此刻他们坐在一块巨大的岩石上。爬上来的时候费了他们很大的力气,仅仅因为女孩一句"站得高看得远"。女孩说那句话用了那老得几乎死掉的吉克语——无论什么话用吉克语讲都显得富含哲理,这也是他们为什么现在被困在这块石头上,屁股贴着坚硬潮湿的地面,狼狈又不知所措。

"我们可以趁机好好谈谈。"但是谈什么,还有什么话可说。

白昼驱逐黑暗,发光的星体从东方一步步地升起。大脚怪被男孩拴在臭椿树下,无声地咀嚼。它的脊背闪闪发光,随它的每一下颤动起起伏伏,好像变化的群山。男孩看了它足足十秒。出门前母亲叮嘱他一定要把大脚怪喂饱,一家人的出行都得靠这个忠厚老实的家伙,所以他出门了,然后遇到了女孩。他们的聊天本可以是愉快的,只要她不提那愚蠢的发生在上周或者更久之前的破事,也不要纠结于他们各自的原属星球。

然后他听到:"你想讲什么?"

他知道这是她在给他台阶下,当然不是指让他们从这里下去的台阶,在下去之前他至少得先让她不再气呼呼的。否则下周,下下周,他就有麻烦了。这个星球上所有男人都知道,女人的怒火总是越酝酿越烈。

"要不要先来一丁点泛银河系含漱爆破药?"男孩问,不等女孩回答他就把手伸进背包,摸索一阵,掏出一个浅黑色金属罐子,"我出门前自己调的,味道还不太正,不过毕竟是酒。你要来一点吗?它能让你更有活力。"

他先喝了一口,然后递给女孩,女孩也小小地抿一口。整个过程她面无表情,但他知道她心里是高兴的。因为泛银河系二十岁以下都禁止饮酒,他们现在做的事是在破坏规则,小小的,他们俩一起。

"这酒好辣。"

"当然,是我配的。"

"是看你爸爸的酒方吧?"

"是,但是是我自己配的。"

"味道不错。"女孩点头道,"可惜坐在这真不舒服,又硬又湿。"

他脱下外套给女孩垫上。

"酒还有吗?"

"有,还有一点。但是……但你应该首先道谢。"

"抱歉,谢谢。"

女孩的表情让他瞬间明白,他又搞砸了。号称整个银河系最好喝的酒,泛银河系含漱爆破药,也全白喝了。他现在满脑子都是刚才自己那句话的浅薄和小气。

"大脚怪似乎睡着了。"女孩指给他看。

"是的,你看它多漂亮。"

"嗯,你说得完全对。"

"呃,我想,我似乎该走了。"

"你就撇下我一个人在这过?"

你可以自己下去。男孩想,但只要跟她一对上眼,他的心立刻就软了:"我很抱歉。"他不知道自己在为哪件事抱歉。

"好吧。"

"我母亲还在家等我。"

"好吧,你快点走。"

"我今天本来是出来喂喂大脚怪……后来……"

"后来就遇到了我?"

"你知道,我不是这个意思。"匆忙间他又去拉女孩的手,落空了。

"我明白你是哪种意思,你快走吧。"

"我不走了。"

当他清楚他们的矛盾不可调和时,他反而冷静了下来。因为他知道这矛盾不是源于某件愚蠢的小事,当然那也是诱因之一,但绝不是根本原因。他们是因为一些更深的原因而争吵,可能是他们不知道接下来做什么,也可能是,他们不再想在彼此身上浪费时间。

星星在天上闪耀。

他指给她看，偏西北的那颗是半人马星。

这样至少有一小段时间他可以不必说话。

"我猜想，会不会有另一个我在这个世界上，只不过存在的时间空间不一样。"女孩突然说，她眼里还闪着星光。

男孩沉默了一会。他看着女孩脸上的表情，好像在确定她是否在开玩笑，然后他开口说道："事实上，不太可能是在'这个世界'。"

"啊，为什么？"

"不为什么，世界上，此刻，找到一个和你完全相同的人是不可能的。"

"这样啊。"女孩有些失望。

"所以要找另一个你，得到另外的世界去找。"男孩接着说，"而且，恐怕那不仅仅是一个，会有无数个，你肯定会很害怕。"

"哈哈，她们在哪？"女孩笑起来。

"我脑袋里。"

"你真会说话。"

情况好转了。

男孩不置可否，脸上露出微笑，所以女孩也跟着笑了。她抬起头望向他们所在星系的恒星，因为有别的行星阻挡，它显得不那么明亮。这是夜晚，属于所有人的夜晚。

"假设上周，在你去那间成人酒吧的时候并没有看到我，接下来会发生什么？"男孩突然问。

"接下来你和那个康斯坦星女人可不仅是打情骂俏而已了吧。"

"假设你当时看到了我，但并没有阻止我，或者没有及时阻止我,会如何?"

"我会和你分手。"女孩啐道。

"假设你去成人酒吧,看到了我,但我只是一个人喝酒,会如何?"

"呃,不知道。"

"会是我反过来质问你,你为什么去那间酒吧,你该知道那有多危险。"男孩面无表情地说。女孩不知如何接话,她的骄傲不允许她做太多解释。

幸好男孩没有深究,他接着说:"那么我们继续假设。你那天没有去那间酒吧,而我去了……我搭讪那个女人。"女孩松了口气。

"或者,我去了,但我没有搭讪那个女人。又或者,我根本就没有去。"

"是啊,那又怎么样呢?你怎么突然说这个。"

"我在试图给你解释可能性。A.你去了,我没去。B.你去了,我去了。C.你没去,我没去。D.你没去,我也没去。"男孩坚持一口气说完。

"当然,为了避免情况太过复杂,我没有加入那个康斯坦星女人的因素。"

"最好别加!"

"我要说的是最后一种可能。如果你我都没去,那么你也犯不着和我生气了。对了,顺便问一句,刚才,我们见面的时候你有真的生气吗?"

"当然生气,我真的很生气。"女孩以为男孩会顺势讨好自己,好好地温存,事实上她现在就需要这个。但男孩什么都没做。

他只是自顾自地说下去，情况无疑越来越好。

"所以，如果你没有生气的话。后面的对话就不成立了，我们也不会谈到这些。"男孩递给她一口酒，自己也闷灌一口。

"那么所有可能性即被取消掉，故事会按另一条线发展。说不定我们会更开心呢。"

女孩不接话。

"但事实是，你听我说，"男孩笑道，"所有可能性都是存在的，D正是一种可能性。每当我们做选择的时候，因为选择至少有两种，所以也会产生两种不同状态的你。想想你到目前为止做了多少选择吧。"

"好像一根树枝，最后却无限地分叉。"

不等她回答，他说："更加有趣的是，我和你在分叉后被塑造出来，各自在不同的时空演练每一种可能性。所以，在不同时空，确实有无数的你。当然，也有无数的我在烦你。这就是你开始问的问题，我的答案是肯定的。"

女孩说："那，我们现在这样谈论他们，嗯……我是说，安全吗?"

"我明白你的意思。你怕我们每说出一种可能或者否定一种可能，就会影响到不同时空的你我，让他们消失或者怎样，我明白你的意思。但不是那样的，我们没有创造他们，我们没有那样的能力，我们只是洞察到了他们。"

"真奇妙，也真可怕。他们可能在听我们说话吗?"

"可能，在我脑袋里。"

天都快亮了，她打了个喷嚏，他从包里拿出一件衣服递给她。看样子仅仅这样做，也给了她很大的安慰。大脚兽刚刚睡醒，它站起身,发出哞哞的叫声。酒还剩下一点,男孩拧开盖子,递给女孩。

"宇宙究竟是什么?"

"一个不可数集合。嗯? 我们谈这些干吗?"

"还有呢,你还想到什么?"

"现在的我和你,和所有其他的我和你几乎没有差别,我是指'在宇宙中的位置',一样的微不足道。我们不能创造他们正是因为我们和他们一样。也许我们是被某种东西意识到,于是我们被创造出来。宇宙中有种酷刑,就是让你知道你在宇宙中的位置。我现在所做的程度不及它万分之一。我就知道这些。还有的,我不敢说。"

"已经够了,没关系的。"女孩微微啜泣,她主动,他们亲吻起来,她抱着他。

天空出乎意料的广阔,这个星系有七颗行星,一颗恒星,现在他们一起悬挂在男孩和女孩的头顶。这个星系还能存在很久,也许是一直存在下去。

石头的触感在他们身下结结实实。

女孩还在哭泣,所以男孩就抱着她。他不断地安慰她,尽管他其实不知她为何伤心,尽管很无力,他还是一遍遍地重复着:

"没关系没关系,世界不过是大脚兽的一个梦。"

幸运的是,她现在在他怀里,身体贴着身体,而且她暂时忘了自己在生他的气。几个小时前她还在斥责他招蜂引蝶,而他觉得她无聊刻薄。现在却什么事都好了,想到这,男孩笑了一下。

如
烟

五月的时候，我特别想抽烟。我也想，为什么呢。矫情地讲，以前抽烟是为了回忆。现在则是，为了不去回忆。坦白地讲，我现在需要一根烟。

　　所以我点上一根烟。

　　寝室里一个人走过来说："你这样我们没法正常工作和学习。"

　　我说："关我屁事。"

　　这个人说："那你晚上不要抽。"

　　我说："关你屁事。"

　　我多么希望他打我一拳。我现在就他妈需要一拳。但他居然什么都没说地走开了，真是窝囊废。我看着手头不多的烟，说："给我买包烟去。"他听了默默地开门出去，不久后带着烟回来。我给他十块钱，一摆手让他像窝囊废该像的样子走回座位了。

　　那包烟是黄山，抽着真沉重。

　　点燃烟，烟头烫，其他地方慢慢烧。抽烟是个征服的过程，吸进去，沾染你的气息，呼出来。

　　仅此而已，一次小小的胜利。

　　手机一响，Y 的短信：到我宿舍楼下接我。

　　我：来了。

　　再往前翻，Y 的短信都是这样不容置疑的语调，和我去上课，和我去吃饭，和我买个东西。我的回信是好的，无论如何，都是好的。Y 是我的现任女友，以前有一个叫 S。

　　拿上烟，我到 Y 楼下等她。

在一根烟的间隙里，我思考着和 Y 的关系。在去年的某一天里，我和她签订了某项协议。从此，我们互相帮助，在对方需要帮助的时候。我们互相要求，在对方有所渴求的时候。但我们从不过问对方在想什么。协议生效，哐镗一声，我和 Y 心上出现名叫愧疚的烙印。这东西，比爱情还要持久。

Y 还没下楼。宿舍楼下的猫在叫，我蹲下来。猫是白色，耳朵薄点的地方透着红色的血管。它的内脏好好地装在白色皮囊里。我拿着烟头去烫它，它刺溜一下跑远了。Y 来了。

她穿着白色的裙子。

"你迟到了。"

"嗯，下次你也可以迟到。"

我不置可否地点点头。

我点上一根烟，吸一口，递给她。她熟练地接过去。Y 烟龄比我要老，只是没我那么痴迷于此。

边走着，我提起那事："前两天，隔壁班的李倩死了。"

Y 说："我知道，也不知道为什么。"

"我也不清楚。"我答道。

"有人传，是因为感情问题。"

"多蠢，真的？傻瓜。后来怎么样？查清楚没有？"

"没，听说，只是听说，她好像怀孕了，是谁的就不清楚了。"停了一下，Y 说，"她还和我一起上过绘画课呢。"

我不关心这些，我问 Y："你知道她怎么死的吗？"

"跳楼。"

"对，跳楼。从宿舍楼顶跳下来，摔得一塌糊涂。呵呵，最近几天女生都不敢一个人回宿舍，倒是多了个让男生送的借口。"

Y吸一口烟，缓缓地吐出来，说："那天我在，真是惨。有个男生跪在地上哭了好久，但后来又走了。第二天我还专门去看，地上只有淡淡的血迹。学校的人都清洗好了。"

我说："嗯。以前好像也有一对跳河的。真是，不想活了，换一种干净的死法。器官可以捐赠的嘛。"

Y把烟熄了，扔到地上用脚用力地碾碎。我看了眼，黑色的粉末，掺着灰白。我们又谈了些别的问题，到了食堂，我让她坐下，自己打了两份饭回来。Y说了很多话，吃得很少。

走之前，Y说："长跑老师让我告诉你，一会去找他一趟。"

"但是你要先把我送去教室。"Y又补充道。我说好。

我高中的时候，成绩并不好，没什么机会考上大学。恰好那时候市里在招体育特长生，我便练起了长跑。练了两年，未曾想真的得了国家运动员二级证书，靠着加分，进了现在的大学。我喜欢长跑，跑步的时候，风吹着面颊让我感觉很舒服。而且，我跑得很快。

上大学以后我进了学校运动队，在阿策手下训练。阿策，是我长跑老师的名字。因为他秃顶，我和他喝酒时候都叫他秃头策。现在我偶尔还是替学校去市区的比赛上跑跑，却很少再拿奖。

我进了秃顶策的办公室。看见他坐在沙发上，极力想显得正式一些。他的手指在玻璃桌上焦躁地弹跳，不时地摸起茶杯抿一小口。

办公室里不准抽烟。

我坐下，小声地问："阿策，找我有什么事?"

"呃，上面领导逼我跟你谈谈。"

"谈什么？"

"就那套，没什么。"

我知道一定有事，阿策在我面前总是嘻嘻哈哈，但他心里凡事有底。我说："秃头策，有话赶紧说。"

阿策瞄了眼向我这边望的老师，对我说："上面说你成绩太差了，要把你开除出队。"说着好像忍不住，往我肩膀上一拍，说："你最近成绩下跌太快了，抽烟酗酒太影响成绩了。你看，你上次的五公里，跑了四十分钟。"

我想起来，那次跑步，我中间停了好几次。

"就这事？"我问。

阿策好像欠我的一样，说："就这事。你再争取下吧，我也帮你想想办法。"

"不用了。"我眯着眼睛，含着烟，对他说："阿策，帮我点下火。"

天气太热了，从秃头策那出来，我的 T 恤黏在皮肤上面。离 Y 下课还有一段时间，不用着急，我往寝室楼走。上楼梯时候，愈发的感觉燥热，汗水附在额头上，衣服湿了一半。我有点喘不上气。

"真热啊……我……"推开寝室门，我说。没人应我，寝室里三个人都戴着耳机在玩电脑。我伸手去摸烟，才想起来那包烟走前留给了秃头策。没办法，只好喝水。我拿着水杯接水喝，想把尴尬也喝下肚子。但水桶很快见底了。

"你下去搬桶水吧。"我指着寝室一个人说。难以置信的是竟有些底气不足。

没等他应，我关上门，下楼去冲凉。没想到刚把头发淋了水，就咳出一口鲜血。

这不是第一次。以前也出现过几次，第一次时候确实有怕的，但是很快就平静了。有一次和 Y 在一起的时候咳了出来，我转过身去用手捂着嘴，不想让她看见。不过，后来到底还是看见了，也就无关紧要。

那次，我陪 Y 去逛街买东西。我很少这么做。

她拿起一件带着机器猫的图案的 T 恤，问我："你觉得这个怎么样？"

"很可爱。"

她又拿着那件衣服，笑着问："那我们买了好不好？"她从不这样说话，之前。

我说好，正打算再说什么，嘴巴里一甜，剧烈地咳嗽起来。

Y 把衣服放下，别过头不看我。我自己取出纸把血迹擦干净。

Y 说："你还是去检查一下吧。"

我说："不用了，我的身体我自己知道。确诊了我就被宣判死刑了。晚确诊一天，就是多活了一天。退一步说，每一秒都有人在死你知道吗，老死病死被车撞死。"我呵呵一笑，"你明白了吗？"

Y 声音有点颤抖，带着哭腔说："你不要这样说，不要提死。我害怕你死。"

"那有什么关系？"

"你不要再糟蹋自己。S 的事不怪你。"

我冷冷地说："说好不谈这些，Y，你犯规了。"

Y 说："嗯，我犯规了。"

S就从不会犯规。

记得，我第一次遇见S是在一家小型live house的卫生间门口。那场演出内容全忘了，偏偏S斜靠在墙上抽烟的场景特别清晰。那天我边洗手边看着她，透过镜子想着该如何。她不看我，我就犹豫。然后我走上前故作轻松地问她要了一根烟。我之前是不抽烟的。

至于Y，她一直是不抽烟的。我认识S的那天她也在旁边，作为S的闺蜜，眼见我和S吞云吐雾。不知她有没有看出我的笨拙和羞涩。希望没有。半年之后那种情感就从我身上消失一空。一次S从外面回来，撞见我和Y楼道里接吻。而我只是摆摆手让她走路小声一点。

她捂着脸跑出去。后来，就是那场车祸。

洗完澡回寝室，没想到水桶还是空着的。

没有办法，我拿着毛巾，抽在那个窝囊废背上。我说："我有没有说过，让你去换桶水？"

其他人都停下手上的事情，沉默地看我，看我们。

那个人张着嘴巴不知道说什么，显然他没有反应过来。于是我又抽了一下，莫名地光火："你他妈的说话。"

他这才木木地站起来，脸憋得通红，好像血一样红。但他居然还能说话，他声音颤抖地说："你……你他妈的干什么？你怎么这样？"

我说："没办法，我可是个病人啊。"

说完，我一巴掌扇了过去。

他似乎没有想起去躲。这时候他的脸已经从鲜红色变成了紫红色。

他愣了一下。"我他妈捅死你。"他拿起桌子上的水果刀向我冲过来，周围人甚至都来不及去拉。

我一拳打在他脸上，接下来呢，接下来是另一拳。趁他没反应过来我撒腿就跑，边跑边笑。"你就该这样，你早该这样，你个窝囊废。"哈哈哈哈，我越笑越大声，我高兴极了。

S当初冲上大街，也是这样的疯狂吗？我的喉咙和胸口都在呼哧呼哧地吼叫。

我说过，我跑得很快。

循环

这个周三我刚回上海,老赵的电话就急匆匆地赶到了。电话里他说我的一篇稿子出了点问题,让我出去见一面,越快越好。我说有问题电话里说不行吗?他回答不行,末了,他又用有些神秘的男中音说,我要给你讲一个有趣的故事。

所以,现在我拖着疲倦的身体,坐在学校附近的一家咖啡厅等他。喝着拿铁,一边有意无意地看着路过姑娘的小胳膊小腿。

老赵是我一个从小玩到大的朋友,我们一起在一个军区大院长大,不过我们那时分属两个不同的小帮派。他最近总是神出鬼没,我也不能说完全了解他。

老赵没有让我等太久。过了大概半个小时,我听见风铃叮当一响,抬头看到老赵走进来了。他还是老样子,一头头发搞得像鸡窝一样,大红色。虽然我不明白头上顶一个鸡冠是什么意思,但平心而论,还是蛮帅的。据说有很多小姑娘喜欢他这款。

老赵一屁股坐在我面前,寒暄过后他拿出一个红色笔记本,凑过来说:"我给你讲的故事,你不要告诉别人。"

我问:"稿子的事呢?"

"稿子没事。你听我讲故事,别告诉别人。"老赵说,然后还多此一举地补充道,"你得保证。"

我打发道:"我保证,你赶紧讲。讲完我还有事。"

我能有什么事,我只想早点回家睡觉罢了。

老赵就开讲了:"你别告诉别人。你相信地狱吗?我给你讲一个关于地狱的故事。你眼中的地狱是什么样子?是到处都是血和火,搞得像川菜馆的后厨房一样。还是寒冰地狱,冻着什么都做不了,或者干脆是虐待狂的世界?皮鞭什么的。都不是,哈哈,我告诉你,地狱是白色的,白色。"

我不明白他为什么那么来劲,敷衍道:"嗯,嗯,白色。"

老赵不理会我,接着说:"地狱是个白色的迷宫。我在一本书上读到一些记载,再加上听说——只是听说,一个女人所见到的地狱,还有她在地狱发生的事。这个女人叫周,我们的女主角。

"那时候周是一个高三学生,学习不行。长得挺漂亮,认识几个大学生,有些自命不凡,谁都看不起,觉得大学是理所应当该让自己考上的。而真实情况是,她只是和几个混账大学生喝过酒,谈过几次不清不白的恋爱而已。

"到了快高考的时候,周的学习还是没有起色,身边的人也对她不抱什么希望了。结果周果然没考上。考试结束的一天,周约平时总受自己欺负的一个乖乖女出去吃饭,说要改善一下关系。那女生也就相信了,如期赴约。饭吃得还算愉快,周没提以前不愉快的事,只谈以后和女生去哪吃喝玩乐,看样子是打算和女生做一段时间闺蜜。女生对周突然的热情有些受宠若惊,还当场拿出刚收到的录取通知书给周看。

"一起等地铁的时候,女生无意识地站在了警戒线之前,周看见了,但没说。

"再另一次聚会之后,女生真的'失足'跌下铁轨。你应该也能猜到,其实是周推的。她也被一起扯了下去。"

"你说周为什么这么做?"

"因为嫉妒。"我回答,"她的心突然间被嫉妒占满了。"

意思?"

"不,"老赵一抹头发说,"那样就太简单了,你听我继续说。"

"周走了很多次,睁开眼,都还是在白色房间里。我怎么来这里的呢?不,准确地说,我怎么被带到这里的呢?周想着这个问题,没想出来。脑袋里像被蒙了一层薄薄的玻璃纸,又像是起了水锈,一转起来就吱吱作响。

"她在房间里来来回回地走动。眼前她只有一只没电的手机,以及,以及背包。她打开背包。文具盒,没用;铅笔小刀镜子,没用;最后,她的目光锁定在赤红色的笔记本上。翻开笔记本,上面写着1.你可能已经死了。2.你可能还没死。3.顺着路标走。4.远离 X。

"是她自己的字迹,可她不记得什么时候写过。

"但周已经见怪不怪了,这里什么事都有可能发生,周知道。她慢条斯理地收好东西,推开门,向外走,再平常不过了。沿着过道她一直往下走,白色的甬道,没有一点风,又清洁又安宁。走了一段时间,在一个拐角处看到一把尺寸夸张的血淋淋的锯子,周赶紧绕过,继续向下走。走了几步,她又突发奇想地向回转,刚才那把锯子却已经不在了。过道又变得干干净净,好像什么都没有发生过。

"周在笔记本上写下:沾满血的斧头。

"继续走,如同早就安排好的一般,她遇到了 X。也许是因为孤独更加可怕,周把笔记本上的忠告抛在脑后。在确定了 X 是人类后(相信我,这很有必要),她决定和 X 一起行动。

"他们是在七号过道相遇的。因为每条过道都一样,所以周用铅笔给过道编了号。他们在七号过道相遇,确认了互相身份以及随身物品之后他们一起漫无目的地走。多了一个人,恐惧感悄悄地消退了。

"他们并没有感到饥饿。饥饿感在这里不存在,也就无法作为衡量时间流逝的标准。

"为了加快搜索的速度,周决定和 X 分头行动,他们约定在给五条过道编号之后再回到 7 号过道,X 欣然同意。周在笔记本上写:在七号过道等待 X。

"没想到他们的下次相遇却是很久以后,对于 X 来说。

"周见到 X 的时候,竟然如同初次见面般生涩。她的脸上露出茫然的微笑,好像什么都不记得了。X 确认周并未撒谎后陷入了沉思,然后他在周的本子上写下一句话,就和周再次分手。

"下次见面仍是在七号过道。周果真不记得 X 了。X 却已经对这里有了一些了解,他告诉周,这座迷宫是在变动中的,1 号过道之后可能出现的不再是 2,而出现过一次的东西还会在别处再次出现。而他在到达这里的过程中死过三次,一次失足跌死,一次被暗箭捅死,还有一次被一个透明的漂浮鬼魂触碰,就死了。每次死后都会在一个房间复活,每死一次,他的身体就会弱一些,但他记得每次死亡的原因和痛苦。所以即使身体越来越弱,经验却越来越足。

"而周,你却恰好相反。X 对周解释道,你也死过很多次,你每次死亡也会在白色房间复活,但你的身体却是始终完整的,缺失的是你的记忆。你会忘掉上次死亡的记忆以及期间发生的部分事情。

"听了 X 的解释,周才想起来时之前看到的电锯上的血迹。原来那竟是自己的。

"周便问,你杀过我吗?

"X 看着周的眼睛,缓缓地说,傻瓜,怎么可能。

"不等周回答，X接着说，我们上次见面的时候，我在你的本子上留下一句话，你看到了没有？

"周回答说，看到了，上面写，相信X，他能帮你解答一切问题。

"X说，好，我们接着走。

"于是两个人接着探索，期间X和周各死了两次，一次是被那种难缠的轻飘飘的鬼魂触碰而死，另一次则是被黑乎乎的影子直接吃掉。X死，周就在本子上记几笔。周死，X则不得不回七号过道等待。"

我问老赵："一个没有记忆，没有时间。一个必须记住残酷的死，身体也在不停消散。哪个更加可怕？"

老赵回答说："走不出去的那个。"

"周和X用画正字来记时间，正字边画一个红圈就是有人死了。虽然这么做没有什么意义，但出于习惯，他们还是很愿意过的有时间感。

"在正字画满半页纸的时候，红圈填满了另外半页。他们来到了一个红色门面前。门上用黑色字写着，这里只能留一个人。

"看到这句话，X撇下周去触摸那扇门，没想到一接触门他就倒在了地上。

"周检查X，发现他已经断气。这时候门兀自开了，周犹豫片刻，冲进了门里。"

"所以说，"我问道，"是周活了下来吧。X真可怜，他不仅要被突如其来的死亡折磨，还要被死亡的记忆侵扰。是周活下来了吧？"

"不，是X，他更老谋深算。我说过，他已经死过很多次，他的记忆正是他的武器。那扇门他早就去过，留下一个人的意思，是必须有人被留在迷宫里,作为祭品。那就是周。"

"那……?"我还想问,但一思考,X 想装死骗过周并非难事,并且 X 在周的笔记本上写的每一个字,都是一次暗示,周从一开始就无法逃脱。

"所以,当周再次睁开眼睛的时候,发现自己在一个白色的房间里。她还会死千次百次,但我们的故事已经讲完了。"

可我还有很多疑问,周和 X 在七号过道相遇时,真的是他们第一次相遇吗?周是从什么时候开始第一次死亡,失去记忆。周的本子一开始的字是谁写的,X 在周的本子上到底写的是什么。在最后的门前发生的事真的如老赵所说的那么简单吗?

我一概不知。

而老赵已经像一个胜利者一样站起身来。讲完最后一句话,他脸上带着近乎炫耀的笑容,好像做了什么了不起的事情。等等,还有一个问题,既然"必须有一个人留下来",那么是谁把这个故事带出了那里呢。我简直不敢再想下去。

转头再看老赵,他已经合上红色笔记本准备离开。我用余光瞄了一眼他的笔记本,还好,我并未看到正字和红色的圆圈。

女鬼

我们宿舍有鬼。阿彦压低嗓门对阿桃说,好像生怕那个"她"听见。

阿彦本不该信鬼神的。七岁的时候,阿彦的妈妈摸着她的脑袋说,世界上是没有鬼的,但人,比鬼要可怕得多。那时候阿彦的爸爸刚死一宿,阿彦说自己听见爸爸在叫她。是爸爸回家了,阿彦说。妈妈抱着她,温柔地说,爸爸他上天了,今天不会回家。娘俩坐了一夜,眼见着天一点点亮起来。阿彦长那么大,第一次知道原来夜里也有鸟鸣。

阿彦的爸爸是跳楼死的,从上面掉下来摔得七零八落,很不体面。阿彦被妈妈捂着眼睛,所能看到的只有星星点点的红色。阿彦的爸爸生前和拜把子兄弟一起做生意,后来被拜把子兄弟骗光了所有钱,就跳了楼,上了天。幸运的是不久以后那个男人也死了,阿彦爸爸死后总算不孤独。这些事情都是阿彦长大后妈妈告诉她的。在她印象中,妈妈是个温柔端庄的女人,有时候会穿着旗袍,站在窗口等爸爸回家。

我们宿舍真的有鬼。

我才不信呢,阿桃啐道。

阿彦长到十八岁的时候,已经出落成一个大眼睛,"俊得很"的女孩。阿彦妈瞧见她就像瞧见了年轻的自己,越看越是喜欢,也越看越是担心。好女孩不应该在小镇里埋没。阿彦也争气,那年考上了一所离家很远的大学。阿彦妈目送阿彦坐上绿皮火车,阿彦从缓缓开动的火车里探出头,看见妈妈在摆手,让她快些走。

她在汗臭味和食物味道里枯坐了十几个小时,摸索到学校后的第一件事就是睡觉。

醒来以后,阿彦发现寝室里站满了人。寝室地方小,站六个人就算满,她的两个舍友都带了父母。阿彦很不好意思地下床,给阿姨叔叔打招呼。

问了好。又问了舍友名字。那两个舍友,一个叫阿桃,一个叫阿花。阿彦喜欢这样唤她们。寝室是四人间,还有一张床空着。

阿桃的妈妈看见阿彦从行李里掏出盒盒罐罐,惊叹道,这么多药。语气中还有问询的意思。

是感冒药,阿姨。阿彦忙说。

哦,哦,感冒药啊。阿桃爸打圆场。

阿桃妈问,一个人来的吗?

阿彦点头。

阿桃妈就顺便教育阿桃,你看看人家。

她也没问阿桃为什么一个人来,一个人怎么来。幸好没问。

两个舍友的父母走后,阿彦指着空出的床位问,她怎么没来?

后来知道,她本来是要来的,但是出了车祸死掉了,就没来成。

阿彦是什么时候觉察出有鬼的呢?她不知道,就是突然间感觉有些不对劲了。刚入学时候寝室里的三个女孩也不说话,阿彦不知道该给谁讲,只好一个人承担惊慌。有一天寝室里开始丢东西,一开始是毛巾肥皂,后来是书本,再后来,阿彦最喜欢的红色画笔也丢了。夜里面,阿彦睡不着觉,心里慌。

等稍微熟悉些,阿彦就给阿桃讲,我们寝室有鬼,不骗你。

阿桃说,呀,你可别吓我。

这时候阿花回来了,对阿彦说,楼下李亚找你。

李亚是班里一个男生,阿彦班里男生不多,李亚算很出众那种,因为长得好看。几个女生都这样说,阿彦也零零碎碎听到了些。阿彦不知道怎么样的男生算好看,就觉得李亚看起来让人心里很舒服,很安宁。可是他来找自己干什么呢?

见到李亚,阿彦径直问,你找我干吗?

男生有些不好意思,我来问你借画笔。

我没有画笔,我画笔丢了。

我以为你有呢。我的也丢了,上次借阿桃的,她给我一支红色的画笔,挺好看,可惜又丢了。阿彦没答话。李亚犹豫了一下,接着说,要不我们改天一起去买吧。

好,那我先上去了。

阿彦回到寝室,听到阿花正在给阿桃说,李亚还问我借过笔呢,他问好多人都借过笔。阿彦进了门,阿花也不看她,一直讲,倒是阿桃瞟了阿彦一眼。

阿彦心里有点不是滋味。

到了晚上,阿彦敲阿桃的床。阿桃,起来一下嘛。

阿桃嘟囔道,干什么?

我……我想去尿尿。

那你去啊。

我一个人害怕,你陪我吧。

阿桃翻个身。我不要去,你自己去吧。

阿彦没办法，又去看阿花，阿花睡得正熟。这时候寝室多一个人再多一个人该多好啊。

阿彦一个人颤颤惊惊去上厕所。刚蹲下来，就听见有声音。噔噔噔噔，噔噔，噔。像这样，噔噔噔噔，噔噔，噔。阿彦不知道是什么在响，所以阿彦害怕。她赶紧上好厕所，心里面一直念，没事的，没事的，爸爸在保护我。

阿彦回去时候，发现门紧闭着。自己被锁在了宿舍外面。

噔噔噔，她敲门，没人应。她害怕这声音，就不敢再敲门。

第二天早晨，早起的阿桃发现阿彦靠在门边上瑟瑟发抖。

你怎么在这啊？阿桃问。

我被鬼关在外面了。

这件事，后来被传到班级里。大家笑话她，阿彦，你怎么那么粗心呢？

阿彦睁着大眼睛说，我没有，是鬼把我关在了外面，真的。

大家哈哈大笑，阿彦你真逗。

有一天，李亚来找阿彦。李亚说，阿彦，你可真是的。

阿彦点点头，我可真是的。

李亚又说，你还去不去买笔啊？

我不去了，阿花帮我买了一支。

画笔多几支总是好的，万一再丢呢？

万一再丢呢？阿彦思忖了一会，问李亚，李亚，你相信鬼吗？

李亚说，不相信，就算有鬼的话，我可以保护你。

正说着,阿桃来了。阿桃对李亚说,我的画笔丢了,你能陪我去买一下吗?

不知道是谁先在班里说的,阿彦疯了,经常说自己寝室里有鬼。阿桃还看见过她对着空着的床位说话。不知道是谁先信的,大家都默认了阿彦疯了这一事实。你们相信鬼吗?阿彦逢认识的人便问。信,当然信了,鬼会吃人。大家带着奇怪的微笑回答。

这件事闹到了辅导员那里,辅导员左右为难,便让阿彦的妈妈和阿彦谈。

阿彦妈电话打来,一开头就是密密麻麻的哭泣声,哭声一停顿,说一声,我命好苦啊,又接着哭。她一哭,两个女人的心都软了。

阿彦也不再问别人,你相信鬼吗。

班里面发生的另一件不大不小的事,就是阿桃和李亚好上了。阿桃每天喜气洋洋,把幸福都写在脸上,对周围人态度也变好了,包括阿彦。李亚呢,李亚再也不问女生借画笔了,是不敢了。

那个贱女人。趁阿桃不在,阿花小声骂道。

阿彦不理会,手上拨弄着刚求来的平安符。

阿花叹道,你啊你,真是傻瓜。世界上哪有鬼啊,鬼都是人捣鼓出来的。说到这里,一下住声了。

阿彦不和阿花说话,心里惦记着昨天刚从行李箱里翻出来的旗袍。不知道妈妈什么时候放进去的,阿彦现在穿上真合身,好像当年的妈妈。爸爸若是能看到,应该会很高兴。阿彦决定今晚穿着旗袍睡,把平安符放在床头,这样,有鬼也不怕。

到了半夜,阿彦迷迷糊糊的被热醒来。看到墙上好像有影子在爬,浓得像墨,像要滴下来的墨。那影子在天花板上行来行去,最后在 3 号床上方停下来,歇住了。

原来真的有鬼,阿彦鼻子酸酸的,心里却很甜蜜,真的有鬼,真的,我没有骗人。想着想着,又恍恍惚惚睡着了。

虎蛟的角

据说,早些时候,九州大陆上存在着一群类龙生物。名"虎蛟",成年体有巨象般大小,通体披甲,色彩斑斓。他们常年游荡在广阔的九州大陆上,呼朋引伴,拍打着肉翅吸引异性。偶尔,引颈高歌,奔跑迅疾。青铜烛台般挺立的大角在阳光下闪闪发光。

令人不解的是,"虎蛟"作为大型动物,却喜群居。《记怪杂史》上写道,它们属杂食,喜好蜂蜜、香草、菌类,也会捕食动物和鱼类。即便如此,这仍不足以成为证明它们确实存在的证据。它们的脚趾尖利,据记载却是性情温顺,这又成为了疑点。一部分考证派咬定"虎蛟"并不存在,就如同那些刚被他们一口咬定的并不存在的"鹏鹰"一样,只是古老部落想象加工的图腾。另一些学者则通过分析,剥离了"虎蛟"的神性,将其归入丑陋的爬虫类。(亵渎岂不是比杀死更可怕?)尽管如此,仅存的穴居人仍然言之凿凿,声称自己和自己的祖先都曾亲眼目睹"虎蛟"跃入深潭中的雄姿,溅起的水雾如同灵芝一样美丽而真实。

很多人相信,穴居族极力宣称目睹"虎蛟",是因为他们在害怕,有一天自己种族也会被归入"不存在"中。

以我对考证派的了解,这并非不可能。

四月,我故地重游,站在东林县一座废弃古殿前。其时我刚完成无我国巡游,又回到了这里。

夜晚将至,霜鸦的声音从古殿里悠悠地透出来。我生起一堆火,把身上手感粗糙的河洛鼠皮袍子慢慢地脱下。它又老又旧,就像我,经不起折腾。我把它放在火边小心地烘烤,水汽蒸发的白雾掺着烟尘几次迷了我的眼睛。但身子骨的寒冷还是促使我不断添加柴火,然后再看着它们崩塌、燃烧、成灰。

这里刚下过雨,霜鸦还会再叫一夜。

我族的诗人曾在这座古殿前吟道:"四月是个残忍的月份。"站在台下的我,手上提拉着刚从后山猎到的成年河洛鼠,我滴血的战利品,我成年的标志——由于从小体弱,我"成年"要比别的男孩晚了一年。彼时彼地,他的声音在我心中久久难以散去。而现在他的声音借着我的喉咙又再次在这里回响。

"老先生,您在这里做什么?"

顺着声音看去,一个青年从黑暗里走出来。他穿着皮质袍子——我看不出是什么皮,右手拿着七弦琴,左手,左手拿着一把铲子。

"啊? 我,我打算在这里过夜。"我已经很久没和人说过话了。

不等我招呼,他走过来,在篝火前兀自坐下,伸手烤火。映着火光,我看到他脸上轮廓分明,一双眼睛灿若明星。

那是属于年轻人的目光。

"老人家,这里最近不太平啊。"

"我没有什么东西值得被偷走。"停顿一下,我自嘲地笑道,"除了数目众多的呓语和诗篇。"

"哦? 您是一个诗人。"他说。

他语气中的心不在焉并不使我感到冒犯。我看着他手上的七弦琴,说:"如果不是岁月让我的双手变得颤抖,小伙子,我的琴声会让你感到惊讶。不过也罢,假设的事情总是显得矫情。我的七弦琴早已在一个不知名的小村子送给了一个小姑娘，只因为她在和我说话时用了敬词。"

"您真有趣。"他笑道，用铲子在篝火边铲土。划出一道又一道痕迹，圆形或者别的。我选择了沉默。

我和青年听着树枝燃烧的声音，想着各自心事。

"夜还很长，老人家，不如讲讲您的故事。"

"讲也可以，但你必须弹琴。"我说过，我真的很久没和人说过话了。

我第一次出远门是十九岁，我的母亲用我猎来的河洛鼠做了一件袍子给我，这就是我全部的家当。你不要笑，不是我身上这件。那件袍子在一次狩猎中被灵猴彻底撕碎了。

唔，狼狈的狩猎经历等会再讲。你不要笑，人总有倒霉的时候。

其实，出门的时候，我并不知道自己要做什么，只是觉得该出去走走。我和村里的姑娘道别的时候心里还是一片茫然，我甚至想，干吗要走呢，干吗不留下来？直到有一天，我去到怀刃国的国都，站在熙熙攘攘的人群中，我突然福至心底，下定决心做一个行吟诗人，来描绘盛世的繁华。我的第一句诗是："从明天起，做一个幸福的孩子。"

我开始巡游怀刃国。劈材、喂马、周游九州。

怀刃国是个跨度很大的国度，北边是沙漠，南边临海。有些人一辈子没有离开过他们生活的地方。于是我在海滩上给渔民们讲沙漠游牧民族的故事，或是在北方的洞穴里描述一个穴居人从未见过的鱼。"好看吗？""好看。""比沙蟹还好看？""比沙蟹还好看。"我摸着脖子上戴着的泛着金光的沙蟹壳项链说。那是穴居人送我的礼物,他们叫我沙玛。在他们的语言中,是故事大王的意思。

我像一个商人一样,在怀刃国各处游走,故事和诗篇是我的商品。不同的是我的商品会随着时间的增长而产生一些有趣的变化。

这样的生活我过了五年。

当怀刃国所有的珍奇异兽都无法让我感到惊奇,我知道是时候离开了。接下来我去了一个不知名的小国,九州有很多这样的地方,那里的人们自给自足,过着不受管制的日子。那里有很多佣兵活动。我选择加入了黑水佣兵团。

你应该听过这个名字,他们恶名昭著(当然这其中有我的功劳),杀名传遍九州。在那些血流成河的故事里,有真有假。借着我的诗篇,真的故事变得温柔和优美,假的也有趣到让人信以为真。我的加入让黑水佣兵团接到的任务比平时多了至少一倍。

记得黑水佣兵团的团长是个蛮人,长得五大三粗,奇丑无比。第一次见他时我面不改色,他让我吟唱一首诗来描述他的英俊。这完全难不倒我,我背诵了一首羽人歌颂太阳神美貌的诗篇,在篇尾说道,献给我伟大的团长。蛮人团长感动得几乎落泪。我似乎跑题了,哈哈,那真是快乐的回忆。其实我加入黑水佣兵团只是因为他们答应带我去很多危险和奇怪的国度。有一次,我们在维玉森林捕捉灵狐为当地一家大户主人做寿礼。在交任务时候却发现那个大户言行傲慢,而且钱财来路似乎并不干净。简单的交接任务之后我们又接了一个不知名的人立下的新任务:给大户一点教训。报酬几乎没有,因为是我偷偷立下的。当晚团长亲自潜近大户家偷走了灵狐。没见血是因为他家有太多的女人,我们不杀女人。我们轻易不

110

杀人。

武弓二十四年,羽族和蛮族开战。

雇佣兵作为一只不大不小的战斗力量,被强制雇佣充军。我们和几个北地著名的佣兵团编立成战斗团,在瀚州驻守,我们属于蛮人一方。那一战名叫月亮山之战。

但其实只是发生了小范围摩擦,战斗规模并不大。我们在月亮山脉东麓山林山崖上伏击云氏羽族。由于有人走漏风声,羽族突然改变了行军路线,我们苦等两夜,然后被派往了后方负责看守粮草。

那个走漏风声的人是我,我并不打算隐藏。我们的团长瓮着鼻子对我说,沙码,你违反了规则,你该走了。我说,是的,我又该走了。

蛮人团长和我对拳,祝我猎运亨通。我带着我当时的女伴出发了。生命苦短,我喜欢当时这个词。

后来,我听说黑水佣兵团在一次战役中死伤惨重,伤及筋骨。他们的团长决定躲进离国,接一些小任务维持生计。那一战,他们的对手是鹤雪团。本该在月亮山脉出现的,也是这支部队。作为一个羽人,对于鹤雪团实力我一直很清楚。正规军和佣兵是不同的。

年轻人,你别打哈欠。琴怎么还不弹,原谅我一个老人的唠叨。人老了以后,总是爱讲一些故人的事。

好吧,我给你讲些有趣的。你知道虎蛟这种生物吗?我就知道你感兴趣,你先坐下,我慢慢给你讲。

离开佣兵团之后,我又去了晋国和下唐,发生的事大同小异。我再也没有干预过羽族和蛮族战争——作为一个讲故事的人,我不允许自己影响故事的发展。我在山上观看蛮族拼杀,想原来身体的舞蹈也是一首诗。我在羽族营地边休息,想原来哀嚎也一叹三转。

好了好了,我讲重点。

蛮羽战争结束后,蛮族退回了草原。这样很好,他们本来就属于那里。稍微太平一些后,我又开始混迹小酒馆,找一些简单的佣兵任务挣钱。

有一次,我在靠近怀刃国的一家佣兵酒馆里,看到一个任务。任务很简单,挂在高高的墙上。只有一句话,找到一对虎蛟的角。

那时候,大家普遍认为虎蛟是不存在的。所以载着这个任务的羊皮纸已经泛黄,挂在最高的地方无人问津。但我知道它们存在。我接下了这个任务。

年轻人,是不是开始有点有趣了?

接下任务以后我决定先去找我的穴居人朋友。由于沙漠环境恶化,或许更因为战争,他们的营地缩减严重,我费了很大力气才在怀刃北部边缘找到他们。

居然还剩几个穴居人记得我。他们说,沙玛,不用再讲别人的故事了。羽人并不如你诗篇中那样优雅,蛮人也不总是温厚老实。写写我们的故事吧。我说好,告诉我虎蛟在哪。他们指向茫茫的沙漠说,向前行十里,有一绿洲。

我爬到那个绿洲的时候几乎半死,我的嘴唇干裂,没有一点血色,但那头虎蛟的情况并不比我更好。

那头虎蛟是红黑色的,通体发亮,匍匐在地上。他的角为金色,十四节分叉,按此算来,该有一千四百岁年龄。我注意到他的趾爪尖利,爪边有某种动物泛白的骨架。虎蛟趴着不动,盯着我,看。

那种眼神很难忘,我说不清楚,语言有时会变得无力,即使我是一个诗人。但当时我并没有细想,也不敢端详他的美丽。因为,如果《记怪杂记》没有写错的话,黑色虎蛟诡异,红色虎蛟暴躁。红黑色虎蛟未有记载,但绝对不是好兆头。

我一动不动地等在那里。

那头虎蛟突然抬起长长的颈部,用力地将头撞向地面,然后再抬起,如此反复。我彻底呆了,过了很久才反应过来他要撞断自己的角。但那时已经来不及了,随着一声青铜般的脆响,他的双角硬声而断。他侧过头,喘着气,充血的皮甲渐渐蜕变成金色。我松了一口气,金色虎蛟是高贵的象征。我缓缓地走近他,他吟叫着,我想虎蛟临死的吼叫也是一首雄伟史诗。

我走近他,伸出手去触碰他的金色皮甲。不可思议的是,我刚刚触碰到,他就以肉眼可见的速度风化,坍塌,变成沙子,风一吹就好像从未存在一样。只剩下地上几块碎落的,好像石头的,虎蛟的角。只有我知道它们曾经是什么。

我感到迷茫。走出绿洲,我没来由得想,这里真是有太多的沙子。

怀着一种不可解释的愧疚,我没有向穴居人告别就直接离开了。

在佣兵酒馆,我向任务发起人叙述了整个过程。

他说,故事不错。

我说,这是真的。

他说,你怎么证明这是真的。虎蛟的角呢?

我说,我没法证明。

于是我走了。那个任务现在还挂在怀刃国的小酒馆里，除我之外大概没人能够完成它。

好了，年轻人，今晚的故事就讲到这吧。你把铲子放下，再在地上磨他就要变成刀子了。里面的那个小兄弟，你也出来吧。

青年手上一动，七弦琴发出一声急促的响动。霜鸦不叫了。从古殿废墟里走出一个穿着红色长裙的女子。

"您早就察觉了？"青年寒声道。

"哈哈，我说了，我做过佣兵。我年轻时候擅长侦查。"

你在外面放风，弹琴就代表有人来了。她在古殿里挖掘，你们在找些什么呢？不要说，让我猜猜。据传，前朝，这里供着一对虎蛟的角。

"您不会说出去吧？"

"不会。我一早告诉你了，对我来说，唯一珍贵只是回忆和诗。它们才是属于我的'虎蛟的角'。"

站在边上一直不说话的女人开口了，她说："东西我找到了。"

她摊开手，十二节的虎蛟角，金色。我不用摸也知道，我比它的主人更熟悉它。

"这样，献给无我国公主的献礼也有了。阿遥，我们可以出头了。"青年的眼睛在闪光。

"嗯。"红衣女人不置可否地说。她好像满怀心事。

"那么，年轻人，天也快亮了。就此别过，祝你猎运亨通。"我要向着山的方向走，终点在那。

转过身，走了一段，我还能听到背后的争吵。女人的声音，以

114

及,男人说,无妨,放他走。反正他已经……

反正我已经快要死了。好像一只将要沙化的虎蛟。考证派最爱问的问题是什么来着。你怎么证明他／她／它／你存在？我无法证明。幸运的是我有角留了下来。

对了,我忘了告诉那个青年。我年轻的时候,不仅擅长写诗,还擅长雕刻。我的作品包括一对虎蛟角,我把它放在废墟下面。

就当做一个老人最后的玩笑吧。

怀刃酒馆

自打旧王死后,怀刃国就陷入了终年的战乱。新王携虎狼骑踏进怀刃国都,在永安殿上宣布重整朝纲。话音未落,就被自己的虎狼将军当堂斩杀。将军则带兵返回了蛮族草原,只留下一座空城。余惊未消的老丞相扶持四岁王子登基,自己却不知所踪。他的明智很快就得到验证,一月之后风虎铁骑占据国都,旧王直系羽明氏称王。两个月后,另一支诸侯的马蹄又踏上了怀刃的土地。再过些时候,多数百姓已分不清"旧王"所指是谁。

　　举着各色旗帜的士兵在这片土地上东奔西走,百姓渐渐学会了不去愤怒和不再相信。当然战乱带来的麻烦并不总是如此轻描淡写,王的性情影响着士兵的作风,继而影响庄稼收成,商家出入乃至女子嫁娶——逢到有人想称王的时候,女人就找不到可嫁的适龄男子,因为他们都被充军了。

　　怀刃国边境的佣兵酒馆恐怕是唯一不为战争所动的地方。尽管这里鱼龙混杂,然而无论如何改朝换代,都没有一个士兵敢在这间酒馆里挑拨滋事。这成为了我喜欢这间小酒馆的原因,它好像受到一些强大势力的庇护,并且那势力似乎并不好战。

　　有天晚上,在酒馆里,我和一个老头同桌。我饶有兴趣地观察老头,发现他两鬓发白,习惯用右手拿酒,左手放在桌面上,微微颤抖。他不怎么看我,倒是对酒馆的装潢很有兴趣。他环顾四周,在前台,酒保正在擦拭一只杯子。

　　佣兵酒馆里深究别人往事是不受欢迎的。我索性拿起酒杯,试着找健谈的人聊聊。在桌子和桌子间游荡,我脚步空浮,好像在酒馆里画一个巨大的圆。很多人不胜酒力,剩下的人无话可说,不足以下酒。我继续走,一不小心碰碎一只酒杯。哐当一声,酒馆里没了声响。酒保抬起头,看着我不说话。

"我赔,我赔,不好意思,不好意思。"我忙说。

于是酒馆恢复喧闹。我晃荡几步,到了前台。

"杯子多少钱一只?"

"算了,不用赔了。"

"那不成,你也是做生意的。"

"你要真想赔,钱早就该在桌面上了。"

我干笑两声,不答话。酒保推给我一杯甜酒,示意我去干正事。在这里人的心里,谁才是真正管事的人,我心里有底。我端着甜酒走回自己桌子。

老头还在那,他身体向后靠,沉默地眯眼喝酒。好像沉默和醉酒是一堵墙,可以隔开我和别人。我呷一口甜酒,前倾着身子看他浑浊的眼睛,确定他是真的老透了。于是我开口说话:"老头,我请你喝酒,我们聊聊。"

"好,你先讲。讲你的故事。"他竟爽快地一口答应。

在羽成王还没死的时候,怀刃还是一个让人艳羡的国家。这里西北有茂盛的草场,东边则是渔产丰盛的海岸线。年迈的人一定比我更清楚我们曾拥有怎样富饶的时光,恰似神赐一般。然而神最终又把他给予我们的全部收回,只留下奄奄一息的旧日王者和塞外虎视眈眈的蛮族士兵。

关于那场政变的内幕,我知之甚少。传闻羽成王身患重病,无暇顾及朝政,才导致宦官权倾一时。也有人说羽成王死于非命,但很快有人反驳,王是寿终正寝的。众说不一,但那段时间里所有人心里都清楚,我们完了。

王位变成烫手山芋。羽成王生前子系众多,死后却无一人站出来。所以不等蛮族真正兵临城下,王位就拱手相让。当然蛮族人并没有坐稳。那是整个纷纷扰扰的开始,又是另一个故事了。

我在怀刃沿海的一个小城市里,有一天夜里有人赶来告诉我家父在国都仙逝,需要我赶回去做丧事,那时已经是我离开国都的第七年。七年前我正值年少,和一个平民少女私奔,临行前还偷窃了家中金银首饰做盘缠。不知私奔和偷窃哪一项罪名触怒了家父,他并没有如我料想般的寻找我并成全我的爱情。他只是不管不顾,宣布把昔日最爱儿子的名字从族谱中划去。当我意识到无形间我已经被流放之时,时间已过去一年,我的妻子刚刚在难产中死去,我一瞬间失去了一切。但我还是选择接受这个事实,安心做了渔夫。如今突然有人找到我,一方面我为家父的死感到吃惊——仅此而已,另一方面,我也为他们一直知道我所在却不召我回去而感到一丝诧异和怨恨。

我收拾行李连夜向国都赶路,闪电在天上撕扯着。我心里明白这恐怕是我返回家族的最后机会——既然他们向我发出了邀请,我就该得饶人处且饶人,即使家父的形象在我脑海中早就模糊不清。

一路上我思考着如何应对族中长老的问题才更能讨得欢心,甚至还考虑了是否有必要把剩下的一点金银送给族里的丫鬟以显得阔气,最终还是决定如实报来(这七年我真的变了很多)。后来我才知道这些考虑都是多余的,家族对我毫无兴趣。值得一提的只是,当我到达国都时，正赶上那场国丧。

太阳在天上尽情地散发热量。后来延续多年的大旱，那天起就有所预兆。前面的队伍敲锣打鼓，之后是扛着羽明王棺木的亲卫队，再之后是大臣和诸多佳丽。暴晒让围观的人群选择了沉默，他们沉默地跟着送葬队伍向前。不断有新人从大街小巷中汇聚进队伍里，也不断有人消失在一条一条深巷中。偶尔也有人突然爆发出一两声哭喊，但很快消失在沙土之下。往日勾心斗角的后宫佳丽，政见不一的大臣，这一刻都耷拉着脑袋，各自思考去路。

而我站在街口，目送这支队伍渐渐远去，直至消失不见。第二天蛮族就入了国都。在同一条大道上，虎狼骑的马蹄践踏过去，道路两旁是看热闹的人群。新死的人被所有人抛在脑后。

我突然决定为家父做些什么。为了不去遗忘，也为了他模糊的面容。

"年迈的人最怕做出让自己后悔的事。你父亲也许并不认为自己做错了什么，他是在成全你，用他的方式，他希望你做一个普通人。"老头手指沾酒，在桌面上划来划去，点评着我的故事。

"也许吧，但我当时并未真的下定决心。"我呵呵一笑，把酒递上去，示意他讲下去。

"你说你没有下定决心做个普通人，我可以理解。权力对人的诱惑的确很巨大。"老头一点没有醉酒的样子，红着脸滔滔不绝。

"我的故事并不精彩，甚至有些千篇一律。像所有得意的人一样，我曾经身居高位，热爱权势声名，我一掷千金买人一笑，我挥金如土。也像所有失意的人一样，我失去了这一切。如果说羽成王驾崩是你人生的转折点的话,那也是我的。

"羽成王的雄才大略是我亲见的,他确实是一个英雄,否则也不会把蛮族挡在关外数十年(当然也要感谢伟大的光明神)。蛮族对他的评价极高,他们是一帮真正的狼崽子,畏惧英雄,更敬佩英雄。许多年来羽族和蛮族就这样维持着平衡。

"大家都习惯了这种平衡,相信会一直这样。

"有一天,我的一个探子劫到一封宦官的密信。信里写道几个王子和他们背后支持者关于立太子的诸多计划。诸侯内斗已久,羽成王心知肚明,任其互相牵制。另一方面,羽成王有意考察王子,毕竟最后接替王位的,一定是最懂得生存的那个。

"我清楚这些,也不觉得大惊小怪。但密信结尾的一句话让我倍感忧心。那上面写:不行就做了他。我问清探子密信的来源,是最近势力最大的羽明氏,羽成王的兄长。我让探子把密信还了回去,然后灭了口。怀着一分私心,我没有把这件事禀报给羽成王。毕竟,他们是血亲。

"没想到报应来得如此之快,转眼羽成王就患了重病,我还来不及感到后悔,他就溘然长逝。我一边暗自祈祷这两件事没有必然联系,一边寻求自保。羽成王一死,关外的蛮族毫不费力地进了关。

"而那几个王子,野心重的被昔日支持者反手杀掉。懦弱的倒得以活命,被诸侯带回去做一步闲棋。偌大的皇城,就剩下年幼的小王子和深不可测的羽明氏。

"也许是对先王感到愧疚,我不忍看着小王子成为傀儡。一夜趁天黑我带着他向城外出逃,路上并没有遇到多少麻烦。没想到刚出城门,士兵却早已在外面土坡等候。他们给我两条路走:一、把王子送回去,自己砍掉一只胳膊然后滚远。二、王子可以走,你死在这里。我被吓坏了,不住地磕头,不知过了多久。羽明氏从哈哈大笑的士兵中间走出来,把那封密函摔在我脸上,铁青着脸让我滚蛋。

"改朝换代,我可以接受。我的愧疚更多来源于那个孩子,他才四岁,我对不起他。我明白羽明氏为何放我走。我是老丞相,我也是丧家犬,我再也无法做任何事情了。我已经死在了那个无名土坡。"

"你隐瞒了什么,关于羽成王。"我打断他。

说到这里,老头的胸口已经湿透了,混杂着酒水和眼泪。他用泛红的双眼盯着我看了很久,终于屈服,继续说下去。

"我隐瞒了我和他的情谊。我不想让你知道,我背弃的不仅是一个君王,还是最好的朋友。我不愿你更加可怜我,即使从你的眼里我已经看到我的卑微和一无是处。

"我隐瞒了我的怯弱。我本有很多机会阻止羽明氏。他曾经邀见我,问我何时是黄道吉日。说话时文书就在他手边,他把密函放在显眼的位置。这是对我的挑衅,我知道。然后我说明天就是黄道吉日,我说无论何事你且去做,保管马到成功。

"借着我的胆怯,羽明氏杀死了自己的怯弱。只有弱者才会相信感情。亲情友情或者爱情,统治者从不需要,也不该依赖。我明白这些,我做不到。但总有人会去做,这很好,箭在弦上,不得不发。

"我隐瞒了羽成王的私心。哈哈,有时他也不是合格的君王。他有一窝狼崽子,他真心地爱他们。他给大王子无上的权势,给二王子数不清的金银,给三王子美女相伴,给四王子最好的老师……

给小王子幸福的童年。然后,他给他最爱的那个儿子,自己选择的自由。

"最后,我隐瞒了他的不甘和失望。"

"你知道什么,关于羽明氏。"我递给他一块手帕,他推还给我,他说他不需要。

"羽明,那个孩子。更早之前的王选择羽成时,作为哥哥的羽明只是温顺地低下头。羽成登基甚至有他的功劳。谁都没想到他内心是怎么样孤绝,就像谁都没见过他母亲一样。"

酒保在前台把酒杯敲得直响。有人又开始在酒馆里绕圈。

"羽成王,那个最爱的儿子……他究竟爱他什么?"我终于忍不住问。

"也许正是爱他的怯弱和善良吧。"丞相露出温和的笑容,给了我最后答案。

我知道故事已全部讲完。于是我站起身,宣布道:"你想要保护的那个孩子,那个小王子。如今他做了这里的傀儡王。一颗棋子,这也许是先帝最不愿看到的吧。下棋的人要抓你回去,他们说你是害死羽明王的凶手。"

老头擦净眼泪,站起来,说:"我不在乎他们怎么说。我只乞求旧王和那个孩子的原谅,如果我不能得到原谅,那么至少让我为我的过错得到惩罚。"

"现在,请带我走吧。"

我站起身,向酒馆外招招手,从外面鱼贯而入几个安静的士兵。不用吩咐,他们就驾着老头向外走。我命令士兵动作轻柔,像面对一个真正的先生一样,但老头说尽管粗暴些。于是我咒骂着,抽打着老头的脊背离开。

酒馆里的人目送着我,我向酒保点头致意。

两个月后,利用抓获老丞相所获得信任,更因为那个势力的支持,我成功坐在了永安殿的王座上,赢回了那个属于我的羽姓名字。当然,我只是代替那孩子做了棋子,我心知肚明。但棋局总是多变,棋子和下棋者的身份永不一定。

后来有一日,我在画册中终于看清了父王的面容,羽明站在他身后负手微笑。他的想法,终究无法可想。

王

后

我打算写一篇好玩的小说，但故事现在都还没着落，所以我开始怀疑自己是否有讲好一个故事的才能，这种怀疑又浪费了我一段时间。还好我现在克服了。

　　讲故事的第一个难关在于主角的名字，无论如何，命名实在是个意味深刻的行为，上帝说——别管上帝说什么了，总之我不敢贸然行事。和名字相比，主角的性别，性格反倒成了其次。那么，第一位主角是一位优柔寡断，善于嫉妒的女性，戴蓝色的宽边帽，身材高挑，顾盼修眉，很是好看。她常年游荡在古代中国的偏僻村庄里，她的名字叫做，后。好了，现在她有名字了，她存在。

　　我很喜欢她，我暂时不打算让她死。

　　故事的第二个主角——因为怕后感到寂寞，所以第二个主角必须是个英俊的男人。这个男人身长八尺，面目英挺，但总爱摆着张臭脸，唯独在和后说话的时候才露出笑容。这也导致除后之外的人都以为这个男人是面瘫，是哑巴，不是好人。男人喜欢看一些怪书，不分昼夜，费了很多蜡烛，因而常受后的苛责。这个男人名叫王氏。真是完美男人，写到这，我脸红了一下。

　　王氏和后居住的村庄名叫河西村，在中国西北，西北还要偏北。村庄名叫河西，实则只是美好愿望——人总是越缺什么，越说什么。河西村方圆十几里没有任何地表水源，全村靠一口井过活。村里人通常只有两种状态，非常渴和有点渴。

　　在这种环境里，后的皮肤却还是非常的细腻水滑，这也导致村民看她的目光一开始充满敬畏，后来又有了嫉妒、蔑视、喜爱或不甘，这几种感情自由地混合交错，然后五味杂陈。但连后自己也说不清，自己为什么一点不爱也不需要喝水，说起来也挺无辜的。

不喝水的日子里后都沉湎于幻想，这是很自然的事，当所有人都在为生存担心的时候，唯一不用为此担心的人就会显得无所事事。"我又做不了什么啦。"后这样说，她在村子里走来走去，愈发的像一个鬼魂。这给村里的人带来了不小的麻烦，试想每个人都在一个大苦难面前挣扎的时候，一个人却轻轻地跃过它，好像它不存在一样，无论如何，这都像是一种炫耀。这让村里人怒火中烧，所以一开始河西村人都试图劝阻后，村中的长老这样念叨，晃来晃去，成何体统。于是就有了第一个来和后交涉的人，一个愣头愣脑的小伙，他说："后，你歇歇吧。"后说："我不需要歇。"小伙说："你真的歇歇吧。"后说："我真的不需要歇。"小伙没有说第三句话，因为他的嘴唇正在起皱，喉咙像要冒烟。趁他发呆这会工夫后又不见了。

第二个来见后的是一个黝黑的中年人，中年人开门见山地问："你能不能不要在村子里游荡了？"后回答："不能呀。"中年人说："我知道你肯定说不能，出于惯例我问问而已。那你说说为什么你不需要喝水吧。"后指指自己的左脸，又指指自己的右脸，说："看这里，看这里，我也不知道为什么。"中年人也不生气，耸了耸肩，就走了，走前意味深长地看了后一眼。

后说："反正做不了什么，那我就随便做点什么吧。"

也许是村里人对后彻底失望了，想来第一她也造不成什么大破坏，第二也从她嘴里套不出什么秘密，干脆就任其自然。所以第三个拜访后的人便是王氏，这个沉默寡言的男人。村里长老的意思是，这是个闷瓜，或者干脆是个哑巴，在村里也没什么大用处，就让他陪你玩吧,顺便说一句,你俩少出门为好。

后当然不会顾及长老的话,但那几天她确实没在外面怎么闹事,长老的计划似乎初步起效了。后不闹事的原因是她对王氏产生了浓厚兴趣,有兴趣的原因一部分是王氏很高,很帅,另一部分则是王氏不似以前来的人那么多嘴多舌。王氏就像一块石头,后就像是,像是水,现在水想要石头开口。这需要很多时间,还好后多的是时间。但还是很困难,实际上由于河西村的天然环境,后并没有见过多少水,更没有见过石头泡在水里,或者说水居然绕着石头流,那实在太奢侈了。后使用了这个比喻,即代表她对这件事的决心很大,也代表她其实准备好了失望。

所以,当王氏开口对后说"姑娘,请喝水"时,后激动地几乎流泪。但后不愧是后,她成功克制住了,她抚了抚帽子,遮住脸,然后冷冷地把水杯摔在地上。没想到王氏面不改色,低头把碎片一块块捡起来。动作轻柔,反而让后担心会刮着手指。捡完,王氏也不抬头,后退着往外走。这可不成,后感到很耻辱,于是她喊道:"我突然又想喝水了,你去给我端一杯。"王氏听了,好像是笑了一下,又好像没有,转身出去。这更让后恼火,后简直想尖叫。

过了一会,王氏端着杯子回来,看到后半卧在床上。手里把玩着帽子,面无表情,皮肤很好。他说:"姑娘,水来了。"后说:"我又不想喝了。你拿出去倒了,或者你喝了。"后声音越来越小,她说:"我困了,想睡觉了,你出去吧。"

王氏退出去,听到屋里有东西摔碎的声音。他看了眼手里略微浑浊的水,笑了一下,喝光了。

王氏和村里普通人其实差不多,他也需要喝水。他特别的地方在于他很忍耐,并且认为生命中除了喝水还有一些别的重要的东西,最后,他不爱把这些挂在嘴边。所谓的闷骚就是这样子。王氏除了找水和喝水,也会思考人生,由于时间有限(因而宝贵),他思考的内容又和后不太一样。比如,后想的通常是穿什么衣服,今天去哪里玩,帽子配不配,鞋子美不美。王氏想的则是,我必须改变些什么,但究竟要改变什么,他也不知道,于是他目标变成了先明白要改变什么。

另外,王氏似乎生来就是给后添堵的,后无论如何无法从他身上体会到一点胜利的喜悦,但每次他又会在她临近放弃的时候给她希望,这种感觉太难受了。后整日在房间里踱来踱去,初显老态。而王氏呢,他也好不到哪去,一方面他仍然不知道自己想要做什么,另一方面他让后多难受,他自己就有多难受,因为他必须克制住自己爱上她的冲动,他不是为这个来的。

随着时间继续推移,后善妒的性格也开始显现。一次王氏没有按后的吩咐把水杯摔破而是摔门而出,又一次王氏出去打水迟迟未归。终于后用生硬的语句质问王氏:"你……是否有别的……女人?"两人这才恍然大悟自己在为什么而愤怒。接着后用近乎自残的方式来抗议王氏对自己的怠慢,她一杯杯地喝水,直至脸色发青。而王氏站在旁边,口中干渴,眼看水被浪费掉,美人躺倒在地,自己则忍受着生理和心理的双重折磨。

然而,在这一番奇怪的角力之后他们的关系却更近一步。仿佛在后说出"别的女人"之后间接明确了她是他本来的女人,现在,一切无可避免,窗子被打开了。后越是嫉妒,王氏就越知道她爱他,通过嫉妒一个不存在的女人的方式。而他越抵抗,她就越清楚他根本无从抵抗。

"你为何而来?"后问。

"为你。"王氏没有撒谎。

"为什么?"

"为你。"

"为什么?"

"为了看管你。"

"那你现在成功了。"后笑道,王氏每一句话在她眼里都等同情话。

这时候,按照计划,长老的信使适时等候在王氏打水的路上。信使问王氏:"你的第一个目标已然达到了,大家有目共睹。你的第二个目标,进行得如何?"

王氏沉默一会,摇摇头。

"你还没有找到后不需要喝水的秘密?"

王氏沉默一会,点点头。

信使脸上失望的表情一闪而过,很快恢复平静,犹如一封展开的信,王氏看呆了。信使平静地说:"想来也是如此,也不怪你。那么从今以后你自由了,开口说话吧,和后好好生活,不过也生活不了多久了。计划取消,我不告诉你为什么,你自己很快就会知道了。"

王氏说:"好的,再见。"

信使说:"好的,再见。"

王氏回到家,推开门,不见后。他坐下来,靠在床头,昏昏欲睡,平静得好像一个信使。过了很久,后踢门进来,看见王氏斜靠在那,显得很无助,后从来没有见过王氏这样。她第一反应这是什么路数,这小子莫不是在戏弄我。她决定一探虚实:"我出门了,你说打算拿我怎么着吧?"但王氏说:"讲些别的吧。"

后差点哭出来,她也从来没有这么坦白过啊,他凭什么不听她讲完。后摘下帽子盖住脸,说:"井枯了。他们说是我干的。不是我干的。"

全村只有一口井。

"得有人去寻水源,要不村子就完了。"王氏说。

后这次醒悟了,心说原来这是村里长老的把戏,好哇,他们从一开始就算计好了。怪不得我男人没精打采,他觉得村里人对自己有恩,他得去报恩。他太傻了,我怎么会爱上这么傻的男人!

王氏也在思考,心说村里长老本来一直就看后不惯,所以才派我来看管后,让她别胡闹,更主要是套出她不需喝水的秘密。我倒好,什么事没办成,倒和后谈起了恋爱。于情于理,这回我都得去,我不去谁去啊。

"你不准去。"后果然说。

"不成,我不去你就得去。你不用喝水,本来是第一人选。我必须去。"王氏说着,心里明白原来这就是他一直想找的使命。

后听了,高兴非常,想道原来他是为了我才去的啊,不是为了村子,那我就不用妒忌了。好,去就去吧,这男人真傻,我太喜欢了。

"你要去也行,倒也不怕。你想一下你几天没喝水了?"

王氏一想,真有很多天没有饮水,也一点都不渴,如果后不提醒,他就把这件事忘了。也许后本来就是想让他忘了。

"这是怎么回事?"王氏问。

"你不用喝水了,除非我不爱你了,或者我死掉。这就是我不喝水的秘密,拿去和老头子交差吧。"

于是王氏一声不吭,带着这个甜蜜的秘密上路了。他的身体虽然不再需要水分,但心理上偶尔还会不由自主地思考自己是否该饮水了。每到这时,他就去触碰那个"秘密",后的秘密,会溢出一股股甘甜滋润他的心。

王氏在路上,具体情形不值一提。他戴着后的蓝色帽子,防止晒黑。反正也不怕人看见,不伦不类就不伦不类吧。由于他已经找到了自己的使命,也不再需要为水担心,他的思想也一定程度上腐化了。现在他的思考内容变成了:以后有水了,我可以给后洗草莓吃。既然她可以在我身上种草莓,于情于理(又是于情于理!)我也该给她洗草莓吧……好,想法不错,记下来。王氏掏出随身的本子,写下来。

他一直朝南方走。

在这段时间里,后没有了王氏,百无聊赖,又变成了村子里游荡的鬼魂。村民们还沉浸在失去水井的悲痛和随时无水可喝的焦虑中,本来应该见不得后胡闹。但后偏偏也面带愁容,或突然哀笑,或暗自流泪,又显老态。善良的村民眼见后如此,以为她也如自己般为村庄担忧,便不再责难她了。

长老们知道后在为什么担忧,但长老不说。

一日,私下里,那个黝黑的中年人来到后的居所。

"我已经知道你不需喝水的秘密了。"中年人直截了当地说。

爱情使后变得单纯,她咬牙说道:"王氏真的给你们讲了?"

中年人一笑,"原来你真的给王氏讲了。"

后反应过来,已经来不及,只好沉默,沉默如王氏。

中年人又是一笑,"把你不需喝水的秘密告诉我,我就告诉你一些王氏以前的故事。"

见后不答腔,中年人说:"比如他为何从不在外人面前说话,他犯过什么错,他以前有没有女人,你不感兴趣吗?"

见后不答腔,中年人又说:"哎呀,我说多了,你自己想吧。如果你想不明白,我们可能会用强。"

如果是别人,用这种语气和后说话,后一定会好好惩罚他,比如把水泼在他脸上。这次后没有,她看着中年人轻描淡写地说完话,看着中年人走掉,一言不发。好像要假装自己是王氏,假装到底。

又过了很久,她终于哭出来。她想,王氏究竟有没有给他们讲那个秘密。

与此同时,井枯第三天,村里哀声遍野。

而王氏还走在路上,他走出十几里,搜索周边,不出意外地找到了水源。那是一片绿洲,王氏想也许我们可以在那里盖一所房子,"我们"是指他和后。他记好水源位置,开始回程。

然后,突然,他口渴了。

是的,生理上的口渴,他现在急需喝水。王氏差点没哭出来,不是为自己,他也不知道为什么,他本已清晰的心又模糊了。后说过,你不再需要喝水,除非我不爱你,除非我死掉。那么现在究竟怎么了。

他希望是后死了,不,不行,他宁愿后活着,她那么可爱。那么可爱,只是不再爱他,她那么贪玩,是不是又爱上了别人。如果她不爱他,他就会死掉。不对,他希望是后死了,死前都还爱他。

他开始怀疑,他痛苦地以头抢地,他撕碎了后的帽子然后又一片片捡起,他在想怎么办怎么办怎么办啊。随着这种怀疑和不安加剧,他的干渴也更加严重,他的内心一片荒芜,好像裂开一道口子,所有水都会从中漏走。

我可怜的王氏,在旷野之中,支撑着向那看不见的村庄走去,结局在那里等待着他。

写到这里,我才明白,原来我写的是爱情啊。

"这么晚不睡觉,你在瞎写什么?"门被一脚踢开,一个女人站在门外,对我怒目而视。

"没,没写什么啊。"

"你肯定在写!你在瞎写什么,还不关灯睡觉!"

我都要哭出来了:"我真没写什么啊。"

"我管你啊。你肯定在写,是不是又在写我坏话,把我写成一个凶恶的女人?"她说。

"我没有啊,我写的都是好话。"

"你果然在写。"

"我不写了,我写完了,我这就关灯睡觉。"

"我管你啊。我渴了,给我倒杯水去。"原来她是起夜。

"我这就去给你倒,我的王后。"我说。

寡言

1

我在上海的时候养了只猫。准确的讲也不是我养的,我只是在想起来的时候会给它带点吃的。猫薄荷啊,小饼干啊,诸如此类。后来它认得我,总在路口等我。时间一长,有时候手头没东西,它不说,我也会感到有点不好意思。所以就快步地走过去,或者说一声"抱歉"。幸好它不像是只很小心眼的猫,仍然天天在那等待。

猫是黑身子,白爪子,趴在那小小的一团。街口有个废弃的小院子,它的窝应该在里面,有时候我看见它在草丛里奔跑跳跃,好像一只幼年的猎豹。我把吃的放在外面,看一会然后走掉。有时候它看到我好像看到猎物,大大咧咧地扑过来。我考虑给它起个名字,白爪子,唔,叫踏雪(一个猎豹该有的名字),或者是煤球,反正不起眼。

但哪个名字叫起来它都不睬我。它根本是野的,怎么驯都驯不好。它不听我话(或者只在它想听的时候),对于吃的倒是从不拒绝。我想小猫真是有傲骨啊,刚想完它又绕着我喵喵叫。

但是没有名字还是带来了很大麻烦。后来,小猫不见以后,我只能站在院子栏杆外面喊:"猫啊,小猫啊。"自然没有回应。

同时喂养小猫的也许还有别人,我不确定。有一次我出差几天,回来时看到猫咪在路边啃着一块油腻腻的肥肉。油吃多了又不好的,我这样想。可能也不是别人在喂它,反正我从来没有撞见过。那么就是小猫自己出门觅食。它躲在枯草后面,盯着猎物看,用上看我的那种眼神。然后伏着身子蹭啊蹭,最后突然暴起,把麻雀或者老鼠牢牢按住。小猫把它们把玩几天,玩厌之后,一口吃掉,满口血淋淋。

那是秋天，我住在香樟路。香樟路其实一棵樟树都没有。我要搬来的时候心里还有一点期待，尽管我也知道"期待"本来就是挺没有意思的东西。所以后来拖着箱子站在香樟路 377 弄外面的时候，看到稀疏平常的街道，没有一棵香樟的马路，反而释然。

二楼的房间大概十平方。一盏书桌，一张床，一个柜子站在墙角。再加我，房间就满了。我把箱子掏空，东西摊在地板上，空箱子塞在床底，站起来的时候有种转不了身的拥挤感。稍一活动，木地板吱吱吱地响个没完。房间里都是东西，总有些是多余的。或者根本，我才是多余的吧。我把书一本本从地上拿起来，码在桌子上，出了点汗。桌子压着玻璃，玻璃下没有照片，玻璃上灰很厚，我打了个喷嚏，地板又是一震。刚才的念头还是挥之不去。

房东太太在楼下喊我。她说："搞什么搞，都落灰了。"我赶紧躺到床上。又听到："搞什么搞，快下来吃饭哦。"我噔噔噔地下楼，纯粹是为了显得充满活力才噔噔噔噔，正撞见她在擦桌子。她说："坐下等会。"我说我有事，低着头往外走。她说："没事的嘛。"我看见桌子上放着两双碗筷，但还是嘴硬。她就说："晚上早点回来哦，我要关门睡觉的。"我出去，把门带上。"房租我很快就交，阿姨。"我在门缝里说。

工作还没有着落。几个月前一个朋友在网上找到我，问我要不要到他们公司做做，至于做什么，他没说。"保证你可以胜任，并且绝对有劲。"他这样讲道，然后好像抓住我的命脉，他又说："反正你早就想换换环境。"于是我就来了，在香樟路住下来。那个朋友却不知所踪。

我接了一些私活来干。虽然难以启齿,但你在网络上读到的言情小说和色情小说,很可能都是我写的。它们挂着成名作者的名字在网上展览,让你的夜晚不至于那么无聊。其实写那种东西很费脑筋,而且很诡异。无法想象我的读者们如果知道小说里那些颠鸾倒凤的制造者,其实是一个坐在书桌前挺直腰板一动都不敢动(因为一动地板就会响,阿姨受不了)的年轻男人,该作何反应。反正我是没反应,我只是把艳丽的词汇堆砌起来,同时不放过任何让孤男寡女(也许不是孤男寡女)同处一室的契机。

相比之下,言情小说还要更难写些。多少个白天我都躺在床上翻来覆去,我抓耳挠腮,我很小心地抓耳挠腮,我把名著翻来覆去地看,还是不知道如何下笔。一男一女,纠结着一个问题,好像在冰面上滑行,但谁也不说到那个关键的词。其实只要有一方先说那个词故事就可以结束。我该怎么写。他们怎么有那么多的话可讲呢?她和他,他们私下都讲些什么。还有她,你到底在想什么呢?

后来我的言情小说写得越来越色情,色情小说的男主角则厌倦了女主角,经常一个人仰望夜空,思考人生,独留女主角满腹牢骚。我写得颠三倒四,读者看得云里雾里。两种读者一起说,这不是真正的爱。

到了晚上,我出门,去满足我的小嗜好。白天在房间里会影响阿姨,她年纪大,丧偶多年,又是独居,儿子常年不归——我不是有意窥探别人的生活,她喜欢安静。说来我的嗜好无非是在没人的路上走,听着歌。具体些则是,在香樟路上走,听 walkman。有时候是摇滚,更多时候是交响乐。巴赫或者别的,平均律,嗯,嗯,越单调的东西越不容易厌倦,而我恰好那么容易厌倦。说起来可笑,我不注重音质,没办法的事嘛。音符从我的普通耳机里传出来对我来说就刚刚好,我的心足够和他们共鸣了。我好像走进了一个远古的房间,却一点都不担心什么,好像以后发生任何事我都能平静地接受下来。我在香樟路上感到完完全全的自由。快乐得想要跳舞,快乐得好像要飞起来。

"晚上早点回来,我要睡觉的哦。"阿姨说。

2

那时候小猫还在。

我朋友找我的时候,我和阿姨关系也已经很好。一方面原因是我交足了房租,另一方面我知道她口硬心软,总归是好人。当然,我说的好是那种租客和房东的关系。我不想跟香樟路有太多牵连。

我朋友来时手上提着水果和蛋糕。他敲门,阿姨开门,他把水果递给阿姨。我拉他上楼,怕引阿姨想起儿子。阿姨没说什么,拣出苹果去洗。我在楼梯上转身,看到她在水池边低头忙活。

朋友坐在我的床上,递蛋糕给我,说:"抱歉哦,前段时间公司忙,没来得及联系你。"他脸上也没什么愧疚。我就说没关系的啊,什么时候上班。他说明天。说话间他几次拍我肩膀,拍床,让我紧张不已。我去听楼下的响动,地板在响,阿姨没有骂人。我越是等待那子虚乌有的声音,她越迟迟不来。朋友说你不要伤心啦,说完又是意味深长地一笑。都有点让人讨厌了。

下楼送他走的时候,阿姨坐在门口吃着苹果。"来吃吗?"阿姨指指桌子上的苹果。

"不了。"我说。

她洗了三只苹果。

朋友的公司是搞编剧的。从外面包一些电视剧来做,一千块一集。我做得轻车熟路,以至于朋友很好奇我之前做过没有。我说确实没有,但这很简单。所有的故事都已经在希腊神话里发生过了,后来都是反复的演练而已,演员换了又换,事儿都确定了。我要做的其实是复写。更准确的说,我干的是(给人物)起名字的勾当。

他不管这些,我也不晓得他听进去没有。大概是没有吧,让别人接受自己将要做的事其实都是古人——还是外国人,已经做过的,确实很难。所以在我刚讲到俄狄浦斯的时候他就叫我赶紧打住,快写。写好了去结账。

我的生活越来越好,工作格外轻松。对工作的兴趣反倒成了大问题。常常写了一天,都不知道自己在做什么。但我的生活总归越来越好。

下班之后,略去中途漫长的地铁时间,我在晚上七八点到"家"。香樟路 200 号有家相当美味的鸡排店,我常去。记得第一次遇见小猫就是我刚买好鸡排,走到街角,听到它在叫我。后来每天都这样,我也就不记得具体是从哪天开始。没关系,每天都差不多,每天都幸福。

有时候我看到它在阳光下睡觉,不敢打扰,快步走掉。

说来小猫走丢也是很突然的事。好像它来的时候一样,在草丛里喵喵地叫,叫来行色匆匆的我。然后完全没有预兆,它又自己消失。小猫轻轻地来,轻轻地走,不带走一块鸡排。我想,一定是我有所怠慢,它才会离开。源于一次漫不经心,或者更古老的原因,最有可能的是我一出差就好几天不出现。怒气在心底积蓄良久,终于爆发,它就选择离开。

记得有一次傍晚路过街角,它不在。我站在院子外面,看了一会,推开生锈的铁门进去。院子里没有一条路,杂草遍布,没过了脚踝。前面看不清太多,隐约看到有一堵墙,但是没有门。我有种置身深山老林的感觉,担心害怕从黑暗处突然钻出毒蛇猛兽。这是它的地盘。突然我听到滴滴滴的声音,又是一惊,过了很久才意识到那是车铃声。于是回过头向外走,正看到小猫在门口看着我,喵喵叫。我又羞愧又快意,好像偷闯私宅被撞见。

小猫不在后我试着去找过它。一次我拿着根木棍走进院子,边打边走,十分钟就走遍。院子不过二十几平方,因为主人不在显得冷冷清清,空空荡荡。

来到香樟路半年时间,已经冬天了。因为太冷或者干燥,我的脑子转不动,写不出稿子,让我的朋友非常头疼。他再过多久开掉我,成为了我闲暇时一个必要的猜想。幸好阿姨对我越发的喜爱,主动提出减二成房租,才不至我无处可去。

小猫不在之后渐渐也习惯了,就好像开始渐渐习惯它一样,所以习惯才是最可怕的东西也未可知。有时候夜里出门,路面上结着薄冰,卖烧烤的新疆人放着热闹的音乐,好像古时候打擂台的人。宵摊冒出腾腾热气,在路灯下飘飘摇摇,泛着光。香樟路的冬天反而人很多,也许大家都感到冷,所以要出来见一些生人,吃一些东西取暖。不过每走一步都要很小心,在人前当街摔倒会很不体面。偶尔我还会想到,这么冷的天小猫吃些什么。每次这个念头一闪而过,后来也不再去想。

我仍旧白天写剧本,傍晚出门。

但小猫似乎是纯心让我意外。在我放弃寻找它以后它就复又出现,还是在街角,它趴在地上若无其事地晒太阳。晒了一会,站起来径直走。我(负气)没有叫它,跟在它身后,它假装不知道我在一样地一直走。

走了一段,拐个弯,它钻进一个半掩的门里。我抬起头,发现这是一间不大的民居。犹豫了一下,我敲敲门,门里传来猫叫的声音。我想这勉强就算是邀请了吧,便推门进去。一个红色短发姑娘端正地坐在椅子上,腿上趴着小猫。

"这是你的猫啊?"

她笑了笑。

我不知道说什么,倒没有不高兴,只是单纯地不知道这时该说什么。房间不大,一个大书桌、小餐桌、衣柜、床,还有她身下的椅子。我注意到床单是蓝色的,被子淡黄色,除此之外,房间干净素雅,看不出是女孩的房间。在她背后,有一盏窗子。我向外看,隐约看到院子。我想,走了这么久,我只是绕到了院子的正面啊。

我继续看,撞上她的目光,突然意识到自己的冒昧。她点点头,又笑,越笑我越不好意思,简直想转身出去。

"抱歉啊。"我说。

她没有说话,用手指指自己的嘴巴。

原来,她是哑巴。

难怪小猫没有名字。

　她在纸上一笔一画地写下自己的名字，佳戈。我问她没问题的吗，你听得见吗？她摇摇头，又点点头，意思是不碍事。

"你的头发是红色的，不如叫你红佳戈吧？"

她点头。

"那如果染回黑色，岂不是叫黑佳戈。"她皮肤很白。

她又点头，继续在纸上画。

我果然不擅长讲笑话。

在我放弃这种愚蠢的尝试后我们的交谈反而顺畅起来。我有个很坏的习惯，有时候话说到一半就不想讲下去，心想真没意思啊。但还是得把话说完，心里却厌得要死。和她说话时候要好一些，每逢这种时候我就可以停下来。如果不想说下去，甚至可以说些别的，无关紧要的，我想说的话。或者干脆沉默。而她只会笑眯眯地看着我。

沉默的时候，小猫在一旁叫。

我们对彼此的过往没有兴趣，所以介绍的话可以全部略过。你知道交一个新朋友最麻烦的地方就是需要复述一遍人生。等新朋友变成老朋友，又得给新的新朋友再讲一次。周而复始的事，真的没有意思。

再后来连话都全部省略。我们在纸上写字，或者画画。有一次我逛超市(我居然还会逛超市)买了一盒儿童水彩笔，以弥补我拙劣的画工。用红水笔画几道线代表她，红毛，类似的简称还有很多。

那段时间里我常去喂小猫，顺便和佳戈聊天。有时她不在，大概是上班，做什么工作我没问过。

第一次见到佳戈时，我最先注意到的是她的腿，真的好长，尽管她是坐着的。记得我读大学时候班里有一个中等身高的小姑娘，我上选修总是碰到她，每次见到她都穿着不同的袜子。长袜、过膝袜、棉袜、小短袜、泡泡袜，黑白花纹或者别的，她怎么有那么多五颜六色的袜子。她腿没那么长，但穿着却很好看。这些不知道有没有人告诉过她，反正我没有。又过了一年我就没再见过她。我连她的名字都不知道，她当然也没必要记得我。

我告诉佳戈这件事，笑说其实人该常把夸奖挂在嘴边。夸奖的话和道歉的话一样，过了时候就再也说不出来。第二天佳戈居然就穿了双灰色的棉袜，那是冬天啊。我赶忙夸她腿长，让她换回去。但她说她一点都不冷。

我朋友到底还是把我开了(说来该是我自己辞职)，因为我写的剧本平淡无味。以前层出不穷的虐恋、悬疑、谋杀、乱伦情节再也没有出现过。准确的说，我也不屑再写。这个世界已经够糟了，何必把它写得更糟。

所以朋友质问我的时候，我默默地收拾好东西，向他道谢之后，几乎带着戏谑的表情说——准确的说是在纸上写下，公主和王子最后过上了幸福的生活。

朋友把信封递给我，又是煞有其事地拍我肩膀。

我没有回家，今天我一点都不想回家。我抱着纸箱子跑到佳戈家去，坐下喝了口水。她不问我什么事，我也不说，我想这时候要有个电视该多好，或者小猫喵喵叫也好。但房间就是安静得让人不安。天色在窗外一点点暗下来,我有些饿了。我说我们去吃宵夜吧。

在这之前,我从来没有想过在这里跟谁一起吃宵夜。有一次我去找佳戈,走近了,听见门后传来啜泣声,我站了很久,最后还是没有进去。小猫在我脚边叫,我抱着它走掉了。其实那时候我该进去的,请她去吃宵夜,无论为何,让她不要伤心。宵夜是一个城市最温情的东西,口中的吃的,和喧闹的人群,都能让你感觉和这个城市亲密无比。它最能安慰人,也最容易上瘾。那是帕耳赛福涅的石榴,吃过了你就得留在这里。

牛肉面先端上来,泛着油星,是红辣辣的,绿色的葱花在油面上漂浮。佳戈夹起一筷子面,热气就被释放出来。她舔了一口,呜呜呜地直叫。烫着了,慢慢吃,反正又不赶时间。我看了她一眼,还想再看一眼,于是又看了一眼。过了一会大叔把炒面也端上,还有抄手,油腻,不过没关系。我要来一盘花生米,两瓶啤酒。

时间还早,宵夜摊上人不多。大叔过来坐下,给自己,给我,还有她倒一杯啤酒。"干杯!"我说干杯。大叔嘴里带着酒味,问东问西,我倒一点不觉得冒犯。我告诉他我家在杭州,今年22岁,我会写字,我还会唱歌,我有很多优点而且快乐。其实也没那么难,我就这样一直说下去。佳戈吹着面,呼哧呼哧的真开心。偶尔喝口啤酒,脸色泛红。

记得上次醉酒还是在大学的时候,那时候临近毕业,散伙饭。大家都默契地忘掉平时的矛盾和不理解,喜笑颜欢。饭桌上有情侣说着悄悄话,你知道他们明天就要分开。好像玩着一场游戏,规则由他们制定,旁人无从知晓。他们喝一口酒,然后凑近彼此说话,亲吻,再分开,和周围的人交谈,最后终于耐不住寂寞吵了起来。我坐在角落里沉默地喝酒,最后第一个醉倒,趴在桌子上安心地睡着。

过了一会,生意忙了起来。各种各样的人依次走进宵夜摊里。大叔去干活,不出意外的话他可以心无旁骛地忙到凌晨四点。现在我和她,坐在花花绿绿的塑料桌凳间,抱着一口孤独的纸箱子。

我对自己说,醉了之后是可以破例的。

所以我拿出信封,从里面拿出红色的请柬,翻给她看。我对佳戈说,她要结婚了啊,她和他要结婚了啊,等到春天她和他就要结婚了啊。她到底在想什么,他们哪里有那么多话说呢。

佳戈递给我啤酒。啤酒都好像是红色的。

"我该怎么办啊?"我问。

4

后来我还是决定去。

我借了全套的阿玛尼西装,坐火车去北京,这种感觉真是不伦不类。下了火车我才意识到自己的不合时宜。我干吗要穿着它呢,提在箱子里不挺好。也许从收到请帖的时候起我已经开始准备了,我打定主意要来的。

好久不见。

她真是越来越漂亮。女人和自己分手后总是越来越好看,果然是谁都逃不过的公理。新郎也很帅,但还没那么帅。也许我是在嫉妒,我不确定。我反复告诉自己,她要结婚了。

我没有想象中的伤心。

在婚礼上我极力显得自然。如果我不跟他和她握手是否反而做作，我考虑了很久。最后多此一举地和岳父岳母也握了手。好像要结婚的是我一样，其实结婚的是我也不是不可能，但现在真的是不可能了。

我很想知道她会怎么介绍我，一想到就尴尬，便把问题抛给她去想。没料到她干脆绕过了我这桌，和我不认识的人敬酒。

在我身边，老同学们把捉弄新人的游戏反复研究许久，女孩们尽情分享购物计划和新娘八卦。我极力不去听，只言片语还是找上我。佳戈从不会像她们那样叽叽喳喳，我在心里想，又觉得不该在这时想这些。回过神，新娘新郎正在念祝词，所有人都在欢乐中，好像春天真的已经来了，好像春天再也不走。香槟打开，我凑近人群，泡沫溅到西服上。有人过来搭我肩膀，说着些什么，我想热闹真是令人讨厌啊。

我把手上酒敬出去，差不多该道别了。

回到上海，已经是七天后。我还掉西装，换回自己衣服简直有种换皮的感觉。我去找佳戈，想跟她讲讲北京见闻，想告诉她北京的灰尘很大，但是很美，好像去到了外星球一样。我还给她买了顶毛线帽子——她想留长发，一头红发层次不齐。我考虑租一间大一点的房子，如果可能的话再装一个空调。这样她在冬天也可以穿好看的袜子，穿着好看的袜子醒来。这样我就多了一个在这个城市停留的借口。

但我没有找到她。房间是空荡荡的，衣柜里没有衣服，床板撤掉了床单，突兀的暗黄色木板好像还有朽木的味道。人刚刚一走，别的一些东西就开始迫不及待地占领这里。我在床板上坐下，坐下又站起来，手没有摸到灰尘，床板上好像还有想象中的温度。

猫的主人和小猫一样，总喜欢让人意外。轻轻地来，急急地走，赶在你习惯之前。

我回到家，阿姨在院子里洗衣服。她看到我，甩甩手，说有个姑娘给我留信了。

我问："什么信?"

她说："口信。"

我说："她说什么。"

她说："她写给我，给我看完就撕了。她说她要走了，回乡下结婚。"

我说："她怎么没跟我说过。"

她说："她说她试着跟你说过，但你没去听。"

说完话阿姨蹲下来继续干活，再平常不过了，阳光洒在泡沫上，她啪啪啪地拍打着湿衣服。我听到喵的一声，小猫从屋里走出来，我站在那等，等了好久，除此之外再没有别的声音。

我想起吃夜宵的那晚，我们都喝醉了，晕晕沉沉，不知道如何是好。

我问佳戈："我该怎么办啊?"

她说："呜呜呜。"

我问她："该怎么办啊。"

她说："呜呜呜。"

我说："我明白了。"

结局早就注定了。

少年青衫

苏青衫挽起袖子,用青芒剑在左手腕上一划,鲜血就一下喷溅了出来。他把血滴在碗里一饮而尽,用袖口擦干净血迹,又点住手上血脉。这才正眼瞧着杨绯衣,冷笑道:"从此你我,恩断义绝。"

哐当一声,碗摔在地上,碎成了粉末。

一

一年前。

两个少年左右伴着一个中年男子在路上前行。"小镇就要到了,先生,再等一会。"一个少年说。说话的是苏青衫,他脸色沉稳,有种难言的气质。另一个少年一脸关切,他的头发乱糟糟的,看起来有些瘦小,一双眼睛却格外明亮。"我没事,咳咳。"中年男人蜡黄着脸,说道,"我没事,一把烂骨头。只是你们,要多加小心。"

这个男人名赵黎,江湖人唤他散仙赵黎。他本是一介散人,师呈各路英雄,取各家之长,却又不拘泥招式。他游历大江南北,明悟武学,性子也越发的懒散。一个散字,全因他的性子。至于仙,则因为他在江湖中出名的公道和淡泊。在诸多斗争中,他始终保持中立。

这种中立,却在几天之前被破坏了。赵黎沉重地想到,江湖中怕又要腥风血雨。黑暗将至啊,他又咳嗽一声。

几天前,云雀求见赵黎。

赵黎半卧在席上,单手枕头。云雀立在台下,看向假寐的赵黎。

沉默许久,问道:"两人可在?"夕阳投在他身上,忽明忽暗。

赵黎笑道:"你眼见不在,又何必问我呢。"

云雀面不改色,说道:"他们两人,恐怕不能再常留你身边。"

"青衫、绯衣,投入我门下之时,我就料到了这一天。"

云雀叹一声,道:"绯衣暂且不论,今天,青衫我是要带走的。"

"带得走吗?"

"常闻散仙赵黎万事看得云淡风轻,难道也要动粗?"

"玩玩无妨。"

说罢两人却不动身。仍是赵黎在上,云雀在下,隔着阶梯对望着。隐隐间气氛变得肃杀。良久,云雀突然问道:"五年前的伤,怕还是没好吧?"

赵黎眉头一皱,说:"看来你们早有打算,我受伤的事,只有几人知道。"

"我们归云庄主,恰好在其中。"

"自然。只是此等小事,庄主怎会讲与你们。"

"这次我来,正是庄主受命。"

赵黎听罢,干咳一声。原先他带伤出迎,一直隐忍不发。此刻听闻云雀道出自己受命于庄主,知道云雀并无敌意,放松下来,肃杀之意也消了。

也因云雀要打要杀,从无二话。

赵黎知道是云雀有心提醒。

事起五年前,为争夺一柄青芒剑,魔都向归云山庄出手。一时死伤无数,斗到激烈处,眼看两派都要伤筋动骨。这时散仙赵黎借江湖威信从中调和,未成,便强夺来青芒剑,又一人大战归云庄主与魔都魔王,才平定下一场风波。为防止两派再斗,赵黎又分别收归云庄主和魔都魔王之子为徒,半是挟持,半是教导。天下人都知道,赵黎有无上武功,又绝对中立,两个少年在赵黎门下,不会受半点损伤。两派主人也就作罢。

只是赵黎在那一场大战中,却受了很重的内伤,同时又中了魔王之毒。习武之人大多粗枝大叶,当时也无人发觉。只归云庄主心细如水,一眼识破。偏偏他心高气傲,输给赵黎,不服,却又不想乘人之危。当时沉默而去。

除他之外,知道赵黎受伤的人,只有归云苏青衫和魔都杨绯衣了。但他们断不会说与外人。

赵黎问:"青芒剑仍在我手上,誓约未破。难道是庄主小看赵某?"

云雀只是微笑。

赵黎又问:"罢了。只是青芒剑既在我手,两派要夺,尽来找我便是。"

云雀仍是微笑。

赵黎一叹,说:"天下霸主,就那么好当吗?"

云雀说:"五年前,两派开战,号称为夺一柄青芒剑。然而一柄剑再利,也只是比寻常兵器利一些而已。两派真正要争的,是天下霸主这把利剑,得此剑,即可号令天下。这些,先生想必心知肚明。"

赵黎点头。

云雀说:"两派止战,先生功不可没,却也因为伤亡超过了两派预料,故而与先生订下约定,养精蓄锐。这些,先生也都是了解的吧。"

"而现如今，他们已经准备好再战了。"

赵黎脸色一暗。

云雀宝剑出鞘，抬头望着天际说道："可怜，我置身事中，名云雀却不如那飞鸟一般自由。有时真羡慕先生你。"说话间舞出几个剑花，惊起山林间数只鸟雀。

赵黎看着渐渐飞远的鸟，咳嗽几声，道："江湖的事，都是随波逐流。我也只是尽力而为罢了。"

说完点着头深思，又叹一声，对云雀说一声别过。向山下走去，步子看着缓慢，一转眼却去了很远。

赵黎刚走，从林中钻出几个穿着青衫的武士，跪在云雀面前问："大人，追不追？"

"追得上吗？当真追上，你们谁又能斗得过他？"云雀笑道。

武士脸色一变，羞愧难当："在下不才，自是不比大人万一。只是怕庄主怪罪下来，难以解释。"

云雀宝剑入鞘，道："无妨，只要你们不说，庄主又怎会知道。只怕……"说着，看着众武士，淡淡一笑。

武士见云雀微笑，吓得心跳一滞，连连磕头："小的们自不会说，小的们自不会说。"

云雀笑意更浓，道："你们当然不会说。"话音刚落剑光一闪，武士纷纷倒毙。

"宝剑，果然还是当不见血不入鞘啊。"剑光一暗，咣当一声，剑已收起。

云雀望着赵黎离开的方向，念道："赵黎兄，你的情，我已然还清了。下次见面，绝无不动手的理由。"

与云雀一别后，赵黎在山下小溪边找到苏青衫杨绯衣两人。那时两人一个十三，一个十五，还是少年心性，正在戏水，玩得兴起，全然不知一场风暴正要到来。赵黎叫上两人，让他们收拾妥当，当即动身。

他们走的是乡间小路，不比官道，走起来诸多不便。但三人本是练武之人，也就不觉有碍，转眼进了小镇。街道很窄，摊贩却很多。青衫绯衣从小在门派里生活，从来没有见过这般热闹的景象。绯衣东一瞧西一瞧，高兴得直跳，时而瞧见细碎东西，觉得有趣伸手便拿，遇到美食小吃，张口就吃。青衫年长，则要沉稳一些，跟在绯衣后面付账，给店家一个劲地赔不是。赵黎眼观着两人亲密，心中百感交集。

忽然前方扬起沙尘，一匹快马朝着街道奔来。行至人群中也不减速，一时间街道上一片混乱，小贩纷纷躲避，飞禽各自奔走。水果蔬菜，布匹珍玩，散落一地。赵黎眉头一皱，马至身边，也不躲闪，被带着向前抢了一步。

绯衣见赵黎受辱，扔下手中吃食，就要为赵黎报仇。赵黎拦住绯衣，道一声无妨。身子一挺，衣衫无风飘起，把灰尘抖落。

青衫见赵黎无碍，暗自思忖，先生虽受重伤，但武功仍十分了得，又怎么会被区区马匹所伤。

绯衣揉着一头乱发，气得大呼小叫："先生，我们去打他！"

赵黎看徒弟真情流露，摇头微笑，又看青衫沉默，道："青衫，你说，你看出来什么了？"

青衫犹豫片刻，说："我看不出什么。只是……"

"你说就是。"

"先生，你的武功，还剩几成？"

"七成。"

青衫疑问道："那……？"

绯衣一跺脚，冲着苏青衫叫道："先生都受欺负了你还有心问东问西，还不赶紧去帮先生报仇。"

赵黎笑道："倒说得我像姑娘家，我怎会受辱于人。"接着又正色道："只是那马主不顾寻常人家安危，骄横无礼，确实需得教训。"

"所以，你点了马匹的穴，伤了它的筋。那马再跑半个时辰，就不能再跑，再跑，就要失足。"一个轻飘飘的女声从青衫身后传来。

一回头，苏青衫心中一惊。不知何时，一个全身黑衣的女人已经站他背后。青衫心想，若是她刚才动手对自己不利，自己已经死了。越想越是后怕，身子也不自觉地向旁边挪了两步。

赵黎倒不惊讶，看来早知女子到了，笑道："魔都乌鸦，许久不见了。"

绯衣一脸茫然，上下打量女子。

乌鸦却不答话，自顾自地说道："然而马主人傲慢，马却是无辜。马一失蹄，可还有活路。"

赵黎面不改色，仿佛料到她会这样讲。低吟道："看来，乌鸦不牵涉无辜的性子，还是未改。即使对畜生，都仁义得很。只是你却入了魔都。魔都之人，滥杀还少吗？"

那黑衣女子面色一变，不语。转身施展轻功跳上房屋，说道："走吧。"

赵黎看着受惊的诸多小贩，摇了摇头，也施展轻功跟上。

苏青衫，杨绯衣脚力不够，只能远远地跟着。赵黎竟像有意摆

162

脱一样,脚下不停,与乌鸦一同远了。

二

赵黎脚力快,乌鸦竟也不慢。青衫还想追,绯衣却停了下来,大口喘气,道:"不追了……追不上了。歇息歇息。"

青衫正色道:"那乌鸦看起来不是等闲之辈,又是魔都的人。师父和她去,恐怕又是一场大战。我们快点追,兴许能帮上忙。"

绯衣手撑着膝盖,也不说话,一个劲地摇头。

青衫眉头一皱,道:"你说关心先生,现在却……哎,平素让你练功,你也偷懒,现在怎么办?"

绯衣脸一红,挠挠头,索性一屁股坐在地上。

苏青衫无可奈何地苦笑,心想师父不要出事才好。他狠狠地盯了绯衣一眼,绯衣却只当没看见。

休息片刻,绯衣站起身,拍拍屁股,大咧咧地往闹市区走。

青衫拉住他衣服,问道:"你去哪儿?"

绯衣一摊手,说道:"当然是吃东西啊,饿了,怎么帮先生打架。"说着,拍拍青衫的肩膀,安慰道:"师父没事。"

苏青衫想起绯衣刚刚拍了屁股的手,现在又拍自己。一看,果然衣服上一块手掌印。气得不知道说什么好,一回头发现绯衣已经走进一家客栈。心念绯衣身上未带银两,又怕他闹事,赶忙追上去。

一进客栈,却见里面已经坐满了人。苏青衫左顾右盼,瞧见绯衣坐在角落一张桌子上冲他摆手。青衫走过去,重重地坐下,装出生气的样子,准备训斥绯衣一番,刚开口,却被绯衣打断。绯衣向客栈中间一指,说:"你看那桌,像是要打起来了。"

青衫刚才只顾着找绯衣,眼里也见不到别的人,现在一看,才发现客栈中间空出来一块地,站了许多人。当中的是一名妙龄女子,一身布衣,却掩盖不住极好的身材。不知为何,青衫突然想到乌鸦。这女子的身材容貌,怕是比乌鸦还要好。

女子低着头,一脸的窘迫。

七八个男子围着她,带头的穿着华服。从服色来看,不是小官。他们叫嚷着,喊道丢了荷包,定是女子偷的,让女子还来。那女子不知怎么接口,红着脸不说话。华服男子一摆手,众人皆嘘声。

华服男子悠然道:"我相信姑娘必定不会做小贼,但我的兄弟们丢了钱,正在气头上。不如姑娘陪我回府喝杯薄酒,再好好说清楚。"

青衫听到这话,心中暗骂一声无耻。心想原来华服男子是觊觎女子美貌,丢荷包之事,恐怕也是莫须有。

女子鞠了一躬,婉言道:"公子好意心领。但我有要事在身,不能奉陪。"话音刚落,众人一片喧哗。华服男子一听,脸色稍变,对手下使一个眼色。那手下就要上去拉那女子。

绯衣早就看不下去了,大喊道:"那么多人,欺负一个女人,算什么好汉。"说完踢开椅子,冲进人堆,抓人就打。

客栈店小二显然见多了这种场面,对华服男子众人不理不顾,却来拦绯衣。苏青衫心里一阵厌恶,丢给他一袋银子,冷声道:"欺软怕硬的东西,滚。"店小二接了银子,低头赔笑,躲到一边看热闹去了。

绯衣学的是"奔雷诀",重在气势和力。施展起来,要如同奔雷一般耀眼,让人无法阻挡。虽然绯衣练功不勤,常常被苏青衫嘲笑是"笨雷诀"。但对付一众凡夫俗子,问题不大。

只见绯衣一路行过去,拦路的桌椅凳子,挡道的人,都被他一脚踢开。绯衣打得高兴,哈哈大笑,一头乱发被内力逼得立起来。围观的人喊道:"打,好久没见这么厉害的小哥了。打得好。"七嘴八舌,给绯衣鼓劲。倒是店小二急了,又跑上来拉住青衫衣服,说:"少侠,打烂的桌椅板凳太多了,得加钱啊。"青衫对绯衣的冒失一肚子气,正好无处发泄,一个耳光把店小二扇倒。店小二捂着脸,恨恨地盯青衫一眼。

青衫说:"还不快滚。"

店小二骂骂咧咧地往店外跑去。

苏青衫看客栈内被绯衣打得七零八落,叹一口气,出言制止绯衣,然后向那妙龄女子径直走去,经过吓得一动不动的华服男子,头也不抬。等他走过,华服男子一屁股软坐在地上。

苏青衫对女子询问道:"姑娘,没受伤吧?"

女子欠身道:"谢谢二位公子,我没事。"

杨绯衣在一旁嚷道:"师兄,我打得好不好看?"

苏青衫不理会绯衣。打量着眼前的女子,看到女子腰间的挂饰,脸色微变。一掌向女子肩膀上拍去。

女子一脸吃惊,却不闪不躲,疑惑道:"公子,怎么?"

绯衣慌忙叫道:"师兄,你打人家干吗?"

苏青衫向女子点点头,道一声告辞,拉着杨绯衣就走。客栈外响起兵马声,想来是店小二怀恨在心,跑去报官。"快走。"苏青衫对杨绯衣道,拉着他施展轻功,闪进了小巷。

绯衣还想回头，使劲地挣扎，苏青衫的手却像铁钳，怎么也挣不开。杨绯衣道："为何要走？那女子孤苦伶仃，为何不救她啊！你！"

苏青衫淡淡一笑，解释道："你只顾着打，我在旁边看得清楚。那女子气度不凡，见你打得火热却没有一点害怕。再看她腰上玉佩，显然官位不小。我刚才拍她一掌，用上了你的'笨雷决'内力。"说到这，青衫一停顿："她有意不闪躲，但习武之人都有自卫的本能，我打入她体内的内力，遭到了很强的抵抗。很快就石沉大海。"

苏青衫说罢，看看正在变得浓郁的夜色，接着说道："那女子，功夫不在我们之下，却故意显得娇弱，其中必有隐情。再待下去，只怕惹来不必要的麻烦。"

杨绯衣道："我瞧着那女子，长得还挺好看。"

苏青衫怒瞪杨绯衣一眼，恨不得就地揍他一顿。杨绯衣一吐舌头，再也不敢多话。借着夜色的掩护，两人朝着镇外快速行去。

三

赵黎是有心甩开苏青衫和杨绯衣的。

赵黎和乌鸦不在闹市动手，是因为不想伤及无辜。在赵黎心里，苏青衫和杨绯衣也属于无辜。从一开始，他就不想让他们两人卷进这场风波。他发誓，要为青衫绯衣在乱世下开一块净土。

他又想起五年前那场大战。那时他四处游历，眼见的都是萧索。那一年是大旱，所有人都逼急了，拼了命要找一条活路。然而一山不容二虎，归云庄的活路，可能恰好就是魔都的死路，反之亦然。道不同不相为谋。再加上两个大派内部也是矛盾重重，所以几乎是在同时,两派决定开战。朝廷则不闻不问,坐观虎斗。

赵黎本不想抛头露面。私下里,看归云庄弱势,就帮归云庄,看魔都落败,就助魔都。他不想看到任何一派彻底失败,因为输家唯一的下场就是从云国消失。然而他武功高强,两边相帮,一来二去难免伤了许多人,误了很多人。战线越拖越长,他不得不站出来,约两派主人在泰山山脚见面。

那场大战,他赢得很艰难。但赢了以后的事,更难。他看到躲在人群中观战的苏青衫和杨绯衣,心念一动。

赵黎挟持了两个大派的少主,真正成了众矢之的。

赵黎对外宣称,自己会保护青衫绯衣。但,也会在两位少主身上种下奇毒,只有自己有解药。两派投鼠忌器,不敢贸然再战。所以只要散仙赵黎活一天,这种和平就存在一天。

想到这些,赵黎咳嗽一声,回头看了眼乌鸦。

他用了五分脚力,有意给乌鸦一个下马威。乌鸦却仍是不远不近地坠在后面,赵黎心中也暗暗吃惊。想来长江后浪推前浪,当年的少侠乌鸦,现在也能独当一面了。

所以,江湖又要乱了。

他们停一个破庙门口,夜色将至,四下无人。

"开战吧。"乌鸦朗声道。

苏青衫和杨绯衣停在一个分叉路口面面相觑。一块石碑立在他们面前,上面写着三个字:断剑碑。

杨绯衣问:"现在怎么办?"

苏青衫想了想,道:"分头找,你走右边,我走左边。"

杨绯衣问:"那我们走散了,互相找不到怎么办?"

苏青衫回答道:"以这块碑石为约,找一个时辰,仍找不到先生,就回这块碑这等。再等半个时辰,就顺着对方走的路去寻。"

杨绯衣看了眼红色的断剑碑三个字,道:"好。出发吧。"

苏青衫头也不回地向左边的道路走去,杨绯衣向右。等互相见不到对方了,两人脚下一快,速度提高不少。原来,两人都有意隐藏了武功。

苏青衫用出了"惊鸿剑法"里的步法。一一步,二三步,四四步,暗合八卦,隐隐有赵黎的风范。十几步就去了百米。

这套步法,自然也是赵黎教的。

当年大战,苏青衫在场,眼见着很多人死了,很多人杀红了眼。十岁的他在心中发誓不参加江湖杀戮之事。所以后来跟了赵黎到山林里隐居,他很是高兴。

有一天赵黎叫来苏青衫和杨绯衣,问道:"如果有人杀你,你又不想杀人,你应该怎么办?"

杨绯衣回答:"自然是奋力一战。"

苏青衫只说了一个字:"逃。"

赵黎听了青衫的回答,哈哈一笑,拍拍他肩膀,道:"我有一套剑法,名叫惊鸿剑法,一剑七式,你要不要学?"

苏青衫问:"快吗?"

赵黎说:"快。逃跑也快,杀人也快。"

苏青衫说:"我不会用它杀人。"

赵黎微微一笑,也不回答。转而对杨绯衣说:"你呢,你天生倔强。我就传你一套奔雷诀。这是我二十五岁时所创内功,刚劲霸道,重在一个力字。应该和你相合。只是我希望你学后,能体会到什么才是真正的大力。"

青衫绯衣齐齐下跪,就要磕头。

赵黎扶起他们,道:"免了,男儿膝下有黄金。况且,我不希望你们拜我为师。"

苏青衫沉重地点点头。

杨绯衣突然忧心忡忡地问:"您说,我们身上种了毒,是真的吗?"

苏青衫脸色一变,急忙制止绯衣。

赵黎悠然道:"无妨。那只是说辞,我怎么会在你们身上种下毒药。"他指着两人胸口,接着道:"要说种毒,也许就是你们两个心间的羁绊。你们是两派未来的主人,只要你们同心,天下就不会乱。"

杨绯衣高兴地答道:"绯衣自不辱命。"

赵黎却突然对苏青衫正色道:"但江湖毕竟太险恶了。青衫,迫不得已的话,带着绯衣,逃。越远越好。"

我要找回先生。不,是师父。苏青衫这样想,然后再来阻止这场大战。

他又加快了脚步。风声呼啸,很快不见人影。

四

赵黎有两种武功最被人称道,其一是刚健的"奔雷诀",其二是飘逸的"惊鸿剑法"。"奔雷诀"有七层,练到大成有千斤之力。"惊鸿剑法"则是一剑七式,变化无穷。

但江湖之人并不知道,这两种武功最厉害之处却是合二为一,成为无上武功:"奔雷剑"。这种剑法赵黎只使过一次,在和归云庄主之战中。当时他只出了一剑,那一剑慢中带快,刚中带柔,让人无法抵抗。归云庄主的宝剑在那一战之中断掉,从此归云庄主都持着一柄断剑,以此自励。

这些武功,赵黎不打算用。对于后辈,他是仁慈的,也因后辈中没人能让他出全力。当年,对云雀,对乌鸦,都是如此。

他从旁边柳树上折下一枝柳枝。

在第十八招,他使出四四步,闪到乌鸦身后。用柳条抽断了乌鸦的宝剑。

乌鸦向后急退几步,拱手道:"谢谢散仙留命。"

赵黎夹着柳枝前的嫩芽,不答话。

乌鸦对着破庙朗声道:"任务已经完成,在下退下了。"

从破庙走出一个黑衣人,年龄和赵黎相仿,一头火红的头发,正是魔都魔王,杨烨。他看着赵黎手上的柳条,眉头一挑,惊讶地说:"几年不见,没想到你已经练到手中无剑的境界。"

赵黎笑道:"为了保护小家伙,老家伙当然要努力。"刚说完,就咳嗽一声。

杨烨哈哈大笑,道:"只是中了老子的毒,内功再也无法寸进。"

赵黎说:"你还是一样嘴上不饶人。"

杨烨说:"但你的剑法真的厉害,怕是比苏妄尘那家伙又高了不少。"

杨烨话音刚落,林子惊起一片飞鸟。一个身影从林子中闪出,站在他们面前。

这个人就是归云庄主苏妄尘。苏妄尘身材纤细,面目俊俏,却不让他人有弱不禁风之感。他负手站在赵黎和杨烨面前,说不出的优雅,一身青衫无风自鼓。

此刻他的脸色沉静如水。

赵黎心知苏妄尘越是显得平静,心里就越是震怒。这也难怪,杨烨口无遮拦,说他的剑法不如自己,他爱剑如命,自然怒不可赦。

但赵黎刚才的剑法,苏妄尘在树林里也看见了。所以无法发作,只是站在那,脸色冷得可怕。

杨烨说:"好不容易见面,苏妄尘,你又板着张臭脸。"

赵黎看云雀不在,问道:"苏妄尘,云雀怎么没来?"

苏妄尘道:"你救过云雀。他来了,我们怎么打?"

赵黎笑道:"倒也爽快。好。今天我们就大战一场。"

苏妄尘退到一边。

杨烨也不多言,径直冲过来。大开大合,拳未到,拳风先到了。所谓一力抵十巧,这一招纵是赵黎,也不敢迎接。脚上踏一步,手中柳条连抽十几下,避开杨烨锋芒。

杨烨一击未得手,也不后退。贴着赵黎面又是几拳。这几拳虽然没有第一拳那么有力,但赵黎施展不开,只得用柳条卸力。

一来二去,柳条竟断了。这柳条注入了赵黎内力,比寻常刀剑都硬。赵黎心想不妙,不能再拖延。施展二三步,向旁平移几下,和杨烨拉开距离。

赵黎道:"不愧是魔王,厉害。"

杨烨哼道:"说什么废话,都还没出力。"

苏妄尘拍拍手,道:"试探到此为止。用全力吧。"

声音从乌鸦旁边传来，乌鸦脸色大变。她最得意的就是速度，没想到苏妄尘比自己更快。苏妄尘拍拍乌鸦肩膀，道："小丫头，今天我不杀你。你且看，好戏才刚刚开始。"乌鸦心知苏妄尘杀自己如同探囊取物，只是不想杀自己。索性大着胆子，专心看杨烨手上招式。

两人对话间，赵黎杨烨又拆了十来招。但两人只用招式，并未比拼内力。显然对一旁的苏妄尘有所顾忌。

苏妄尘冷哼道："还不用全力吗？苏某为人，你们还不知？"说罢，把断剑抛给赵黎，道："赵黎，不要辱没了我的剑。"

赵黎也打出了血性，仰天长啸，道："好，最好的剑要配最好的剑招。杨烨，小心了。"说罢使出了"奔雷诀"，浑身上下被跳跃着的电光包裹。断剑出，嗞嗞作响。

杨烨朝手上啐了一口，戴上一双黑色手套，道："痛快。且看老子的霸王拳。"

这拳因为杨烨的内功，带着火属性，周围温度也似乎升高了许多。

杨烨仍是直直一拳。所谓一力定十巧，这灼热的一拳，让人无法躲闪。赵黎也不想闪，断剑举过头顶，"奔雷诀"发挥到极致，对着杨烨砍去。

火雷相加，地上爆开一个直径两米的圆圈。圆圈之内，竟光滑如镜。原来两米圆圈内的石块草木都，都碎成了粉末。一时间烟雾缭绕。待灰尘散去之后，才见杨烨退后了几步，喘着粗气。手套被烧成了鲜红色。

赵黎也不好受，一个劲地咳嗽。

苏妄尘脸色一变,冷声道:"'奔雷剑'不是'奔雷诀'加上'惊鸿剑法'。赵黎,让我看看真正的'奔雷剑'吧。"

苏妄尘也学赵黎折一支柳条。一运内力,柳条冻成了冰。苏妄尘道:"我用'寒冰经'来领教你。小心了。"说罢,施展轻功向赵黎攻去。

赵黎仍是不用"奔雷剑",手持着断剑,施展"惊鸿剑法"和苏妄尘纠缠。

两人都速度极快,转眼间就拆了数十招。

"这一招名叫流水。"

"这一招名叫吹风。"

"这一招名叫暴雷。"

"这三招,是惊鸿三剑。还有四剑,你可抵挡得住?"赵黎冷声道。

苏妄尘哼的一声,也不答话,手上掐诀,在自己面前立起一面冰墙。赵黎一剑斩去,冰墙应声而碎。苏妄尘却不在。赵黎面不改色,向身后一剑,正好挡住苏妄尘的一击。

"比快,没有谁能比得过雷属性的我。"

"你看看你周围。"

赵黎一看,自己竟被冰墙包围。每面冰墙上都是刀光剑影,苏妄尘的剑从四面八方攻过来。

赵黎面色不改,徐徐道:"这一招,名叫天决。"

只见原地跳起,断剑向四周无数次击打。奇怪的是,这无数剑,竟像同时打出的,如同是一剑。这惊鸿第五剑,已经隐隐有"奔雷剑"的气势。

苏妄尘的冰墙被打得粉碎,原身现了出来。他不怒反喜,连说三声好,又是一剑递上。

赵黎打得兴起,仰天长啸,撕破衣衫赤膊和苏妄尘比试。两个以快打快,招式暗合五行八卦之道。一会轻柔,一会激烈,如同翩翩起舞。

"真美。"乌鸦叹道。

杨烨大笑一声,全身泛着通红火光,轰隆轰隆地奔向两人,加入了战局。

破庙前回想着三人的笑声和打斗声。

乌鸦在一旁观战。

一个女子不知何时跪在她身边。正是青衫在客栈中遇到的妙龄女子。

乌鸦正色道:"周,办得如何?"

名叫周的女子说:"乌鸦大人,已经办妥了。"

乌鸦一笑,似乎带着些许凄凉,道:"这场戏的主角,终于要到齐了。"

五

周的任务是引杨绯衣到赵黎面前。

赵黎与乌鸦走后,她就跟踪苏青衫和杨绯衣。在客栈里她偷了公子哥的荷包,至自己于危险境地,引年轻气盛的杨绯衣来救,却被苏青衫识破。

174

于是她继续跟踪。终于,在断剑碑前,苏青衫和杨绯衣分头行动。她选择了跟在杨绯衣后面,等苏青衫一走远,她就现身。

周告诉杨绯衣,自己知道赵黎去向。

她也确实知道。

杨绯衣在破庙出现的时候,赵黎、杨烨、苏妄尘三人正打得激烈。

杨绯衣看到眼前的景象,一时手足无措。赵黎对自己有养育之恩,杨烨是自己亲生父亲,苏妄尘又是青衫的生父。他不知道应该帮谁。

这时乌鸦在他耳边说:"你要做点什么,你应该阻止他们。你的奔雷诀不是练到第五层了吗?"

杨绯衣听到此言,全身一个激灵,想到赵黎曾经的教导。再也忍不住,施展"奔雷诀"向着激动中的三人冲去。

周在他身后,不忍地道:"乌鸦,这招好毒。"

乌鸦闭着眼,道:"这招,所有人都想到。只是他们不敢做,那么就我来做。脏了我的手,天下之事才能明了。"

原来乌鸦激杨绯衣去劝架,拳脚无情,三人都可能伤到杨绯衣。若苏妄尘打伤杨绯衣,杨烨和赵黎必会合力攻击他,胜负便分明了。若杨烨打伤绯衣,也会露出破绽,被轻易击破。若赵黎出手,杨绯衣必死无疑,不出手,也会有所顾忌。总之无论何种情况,都对乌鸦有利,因为乌鸦只想要一个结果。

赵黎在杨烨苏妄尘两人合攻之下,渐渐有些吃力。终于,他大吼一声,断剑在身前一横。雷光从剑刃上一点一点消失。苏妄尘知道所有的雷,都深藏在剑意里,这就是"奔雷剑"。他等待着。而杨烨手上火光更艳。

一剑。

杨绯衣就是在这时候出现的。谁都没有意料到,三人的注意力都在那一剑上。太快了,快到苏妄尘只来得及掐出半个剑诀,杨烨只来得及喊道一个不字。杨绯衣来不及躲闪,眼看着断剑在自己眼前渐渐变大。

但凡武功,出手之后再收力,都会被反噬。这一招"奔雷剑"倾注了赵黎半生功力,纵使只是改变剑的方向,也让他力竭。剑从惊呆了的杨绯衣胳膊上擦过,瞬间血流如注。

杨绯衣声音发颤,道:"师父……"

赵黎一摆手,打断他的话,一下摔坐在地上,吐出一大口鲜血。

看到这情景,杨烨一巴掌把杨绯衣扇道,举拳道:"老子杀了你个孽障!"但看着杨绯衣的眼睛,终是不忍下手。这一拳,也就打在了自己胸口上。

杨烨吐出一口血水,仰天长啸,然后发足狂奔,很快消失在树林里。

苏妄尘走到乌鸦身边,脸色煞白,他的声音好像结冰一样:"我答应过你,今天,我不杀你。"

而杨绯衣刚刚回过神来,大哭失声,向师傅爬去。

赵黎只是不理会。

周不忍心,一跺脚,托起像烂泥一样瘫软的杨绯衣,随着乌鸦一起走了。

破庙前,只剩下赵黎打坐在地上,闭着眼,胸前的鲜血红得刺眼。

苏青衫晚到了。

他站在赵黎面前。

赵黎只剩了一口气，他睁开眼，看看苏青衫，然后闭上眼，好像极其倦了，他缓缓道："青衫，我走后，你自己照顾自己。江湖之中，人心险恶，很多事不是眼见的那样。云雀，我和他曾有一段很好的情谊，你可以找他帮你。乌鸦，她是很难对付的对手，你不要再与她有交集。绯衣……我不怪他，你要保护好他。青芒剑我埋在草堂的座位下面，现在传给你，可以防身。因为黑暗将至了。"

"最后，逃得远远的吧。"

这是短暂的回光返照。一口气说完，赵黎断了气。苏青衫茫然地看着赵黎死在了自己面前，呆立不动。

但很快，悲痛席卷而来，泪水不听指挥地纵横在苏青衫俊俏的脸上。

赵黎虽不让他称自己为师父，但对他实有师徒之谊。苏青衫在赵黎身前重重地磕下三个响头，额头磕了血也没有发觉。然后他在地上挖出一个大坑，把师父连同那柄断剑一起埋了。泪水几次打湿土壤，迷住他的眼睛，他不得不停下来。

东方，一颗璀璨的星陨落了。

杨烨在狂乱中毁掉了一小片森林。

苏妄尘看着流星，发誓从此不再用剑。

一周后，云雀知道赵黎身死，悲痛之下杀死了身边所有的侍从，从此在江湖上消失。

而杨绯衣，在昏迷中，被乌鸦带向了未知的地方，以及未知的未来。

六

　　一个身影在林间快速穿梭,如同在旷野一般,把灌木与林木视若无物。他的步伐飘忽不定,如同舞蹈,说不出的潇洒飘逸。

　　最后,他停在一个陷阱前,低着头向下看,陷阱内是一只幼年狐狸。他发现捕到的是幼狐狸,犹豫片刻,从陷阱内把狐狸抓出来放生。放了狐狸之后,才蓦然想到今天没有捕到猎物,只能去河边抓鱼充饥。

　　这个人便是苏青衫。

　　这是赵黎死后的一年。

　　苏青衫心灰意懒,回到了当初的居所住下来,每日只是像普通猎夫一样打猎为生。这里的一切东西都让他熟悉,他睹物思情,悲痛难挡。然而人们常说,感情会麻木,苏青衫逼迫自己去回忆,希望有朝一日能变得心如止水。然而,一年过去了,那份悲哀仍然如儿时美好的记忆一般鲜活。

　　苏青衫心里明白,回忆越美好,自己的心就越痛。

　　青芒剑一闪,他砍下一截树干,刷刷几剑,削出一把鱼竿。

　　这青芒剑,苏青衫本是不打算要的。但师父遗愿,又不得不从,于是就从土中掘出宝剑,平时带在身旁留作纪念。

　　青芒剑被当猎刀使,当柴刀用,只是从来没见过人血。

　　有一日,周来找苏青衫。

　　周看到苏青衫手上沾满灰尘的宝剑,叹道:"宝剑埋没了,人也埋没了。"

苏青衫已不记得见过周,只当是武林中寻仇的人,冷冷地道:"你有何事?"

周感到苏青衫的杀气,向后退了半步,道:"我本是无关紧要的人,但我恰好知道赵黎身死的真相。"

雷光一闪,青芒剑上的污物尽数变成粉末,剑气清冽。苏青衫剑指着周,哼道:"说,否则死。"

周把当日之事如实道来。

苏青衫问:"是谁派你来的?"

"杨绯衣。"

苏青衫心中一动,脸上却不现出来,装作不经意地问道:"他在哪?"

周摇摇头,不言语。

苏青衫等着。

周叹一声气,道:"他让我告诉你,不要忘了断剑碑之约。还说,一年如一时辰。"

苏青衫想起那日和杨绯衣在断剑碑前分手,曾说,一个时辰未归,就回到断剑碑处等待。到如今正好一年。那些往事,却如同刚发生一时辰一样。

苏青衫对周道:"你走吧。"

杨绯衣喃喃道:"他会来吗?"

周如实道:"我也不知。"

"我没有问你。"

周咽声。

杨绯衣看着远方,他等了许久。

苏青衫抚摸着断剑碑,脸上表情模糊不清。

杨绯衣站在阴影里,周不远不近地站在他身后。

杨绯衣回头对周,道:"你退下吧。"周一愣,沉默地走远了。

又是很久的沉默。

杨绯衣声音凄凉,道:"那日之事,这一年来都在折磨着我。"

苏青衫道:"我也是。"

杨绯衣道:"我只希望师父九泉之下,能够原谅我。还有师兄,你能原谅我。因为我的鲁莽……"

"是的。"

绯衣道:"师兄,你……"

苏青衫一掌把断剑碑拍成两半,冷声道:"因为你的鲁莽,师父身死。我在山庄中躲了一年,无时无刻不在恨你。是的,所有发生的事都因你而起,你将永远带着罪恶无法洗脱。"

"师兄……"绯衣从阴影里走出来,泪水流满了他的脸,他的声音透着深深的悲哀。

苏青衫却不正眼瞧他,继续说道:"我与你,并未结义。也是一件憾事。"

说罢,哈哈大笑,然后他挽起袖子,用青芒剑在左手腕上一划,鲜血就一下喷溅了出来。他把血滴在碗里一饮而尽,用袖口擦干净血迹,又点住手上血脉。

这才正眼瞧着杨绯衣,冷笑道:"此时,你我结义。"

哐当一声,碗摔在地上,碎成了粉末。

苏青衫又道:"此时,你我绝交。"

杨绯衣愣愣地看着苏青衫,张着嘴说不出半句话来。

苏青衫转身离去。他的声音越来越远:"逃吧,带着你的罪恶。逃得越远越好,不要让我再见到你。"

"逃吧。"

七

魔都在下雨。

这几乎是一座空城。赵黎死后,归云庄和魔都全面开战。魔都之中,五大护法都带兵出战,剩下的都是妇女儿童,而妇女又要外出干活,挣微薄收入以作家用。

还好,乌鸦不是五大护法。苏青衫想。

借着夜色和骤雨的掩护,苏青衫潜入了魔都。说是潜入,实际上他一路上出乎意料的轻松,几乎没遭到阻挠。

魔都按五行八卦建筑。魔王殿在城正中,五大护法宫包围着它。再外围,则是五大护法之下的八使者。

乌鸦是八使之一,属乾使。乾属天,在上,故而苏青衫向着正北急速前进。想来"惊鸿步"也暗合八卦,城中许多机关,苏青衫都轻松掠过。

很快,他站在了乾殿外。

乌鸦掌着灯,好像在指引他到来一样。

苏青衫冷笑一声,道:"乾使乌鸦,哼,真是威风。"

乌鸦淡淡地说："寒暄就不必了。我已等你很久。"

"你可知我为何找你?"

"只因我用计杀死了赵黎。"

苏青衫听她坦然道来,忍着怒气,质问道:"散仙赵黎为人刚正,与你有何恩怨,你要害他?"

乌鸦侧卧在长椅上,道:"我与他无冤无仇。只是他不死,中立不破。归云庄与魔都就不能开战。"

苏青衫面色一寒,道:"只因此?"

"正是。归云庄和魔都,只能存一。"

"说下去。"

乌鸦追忆道:"光明王死后,光明帝国分裂成云国、烈国、宁国。连年来战乱不断,烈国更是侵略我云国。"

这些,苏青衫儿时常听赵黎讲,也是知晓。此刻他静静地立在乌鸦面前,在听。

乌鸦挽起左手袖子,露出左手手臂肘侧雪白肌肤。苏青衫看到那雪白肌肤上竟有一个小小的刺青,寥寥数笔勾勒而成,鲜红如血,血蔷薇。

乌鸦怀勉地望着刺青,道:"这血蔷薇,正是当年光明王战旗的标志。家父,曾是光明王手下首席骑士。"

苏青衫啐道:"这些与我何干?"

乌鸦微笑道:"我云国,是光明王血脉最多的地方。然而近年来,归云庄和魔都却纷争重重。赵黎在世时,维持着所谓中立。可笑,私底下,两派的纷争从没断过。那时恰逢大旱,这片土地上每天都在死人。而烈国觊觎着云国,宁国也虎视眈眈。云国必须有一个霸主一统天下。一旦归云庄和魔都灭亡一个，另一个就可以吸收失败者人马，再继承我光明王遗产。到时，重现光明帝国也未尝不可能。"

"你已经疯了。"苏青衫回头向外走去，"我不杀一个疯子。"

乌鸦仰天大笑，道："但你不知，周也是我手上一枚棋子。你假意和杨绯衣绝交，让他远走天涯。但是，逃得掉吗，这场是非，没有人逃脱的了。只要我一声令下，周就能让杨绯衣求生不能求死不得。"

苏青衫停住脚步，声音冷得像要结冰："你。"

他拔出青芒剑，施展"惊鸿剑法"。这一年来，他苦练"奔雷诀"与"惊鸿剑"，已然能施展出"惊鸿第四剑——天诀。"

所以在十四招内，他把乌鸦打倒在地。

看着躺在地上喘息的乌鸦，苏青衫才意识到，眼前不过是一个悲哀的女人而已。

"杀了我，否则，我会杀了杨绯衣。"乌鸦冷笑道。如果笑有颜色，这个笑也是鲜红如血。

然后她又转而哀求道："请，杀了我。"

苏青衫几乎没有犹豫，用青芒剑刺穿了乌鸦的身体。这是青芒剑在他手上第一次见血，没想到青芒剑竟是如此之利。真是一把好剑。他木然地想到。他害怕乌鸦未死，又缓缓地刺了七下。

鲜血溅在他的脸上和衣衫上，把他的面容和青衫都染成了绯红。他心中知晓，江湖的是是非非，自己再也无法逃脱。

幸运的是，他救了绯衣。

图书在版编目(CIP)数据

晚安,故事/李驰翔著.—上海:上海人民出版
社,2013
　ISBN 978 - 7 - 208 - 11969 - 7

　Ⅰ.①晚…　Ⅱ.①李…　Ⅲ.①短篇小说-小说集-中
国-当代　Ⅳ.①I247.7

中国版本图书馆 CIP 数据核字(2013)第 293624 号

出 品 人　邵　敏
总 策 划　臧建民　于建明
执行策划　零杂志
责任编辑　林　岚　陈　蔡
助理编辑　王逸蕴
技术编辑　克里斯
封面插画　楚　瑜

晚安,故事
李驰翔 著

出　　　版　世纪出版集团 上海人民出版社
　　　　　　　(200001　上海福建中路 193 号　www.shsjwr.com)
出　　　品　世纪出版股份有限公司　上海世纪文睿文化传播分公司
发　　　行　世纪出版股份有限公司发行中心
印　　　刷　启东市人民印刷有限公司
开　　　本　889×1194 毫米　1/32
印　　　张　6
字　　　数　135,000
版　　　次　2014 年 4 月第 1 版
印　　　次　2014 年 4 月第 1 次印刷
I S B N　978 - 7 - 208 - 11969 - 7/I·1205
定　　　价　25.00 元